@Louann

PRESQUE ADULTE

F1RST
ÉDITIONS

Introduction

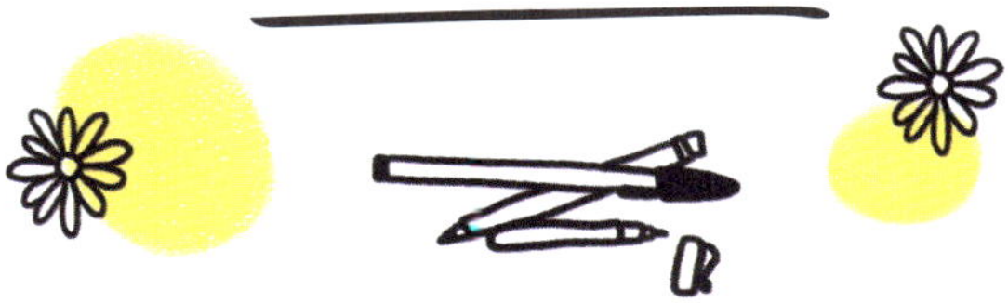

Quand je suis entrée en 6e, à 11 ans, mon sac à dos plus grand que moi, mes sweats oversize et mes 1,48 m étions déjà angoissés en pensant à cette idée encore très floue du « futur ».

Au fur et à mesure des années, plus l'âge des responsabilités et des problèmes s'approchait, plus j'angoissais. J'ai passé mon brevet et mon bac sans trop d'encombres mais cette angoisse est devenue très concrète quand j'ai dû choisir une université et potentiellement la voie pour le reste de ma vie (*spoiler* : c'était pas la voie pour le reste de ma vie). *Depuis, j'évolue doucement dans ce monde nouveau des adultes* où on ne me demande plus « Alors, tu veux faire quoi plus tard ? » mais plutôt « Alors, tu fais quoi maintenant ? ».

Et, pendant que je cherchais des réponses à cette question, j'aurais aimé que quelqu'un ayant déjà vécu cela me rassure et me dise ce qu'il en est vraiment : personne ne sait ce qu'il fait et c'est à toi de trouver la voie qui te plaît et qui te correspond, même si ce n'est pas celle des autres.

Voilà pourquoi j'ai écrit ce livre : *je voulais réunir ici toutes mes réflexions sur le chemin vers l'âge adulte, sur ce que ça fait de grandir, sur les préjugés, sur les expériences et pressions qui m'ont forgée,* afin d'aider les gens à prendre du recul et à décomplexer face aux étapes qu'on est censé·e cocher pour se dire « adulte », comme j'apprends à le faire tous les jours depuis quelques années.

À l'heure où j'écris ces lignes, le monde est plongé dans le chaos d'une pandémie dont on ne sait pas si on sortira un jour. Les luttes sociales n'ont jamais été aussi nombreuses et la crise écologique qui pointe le bout de son nez n'est pas là pour rassurer les troupes. Autant dire que je ne sais pas trop par où commencer pour trouver ma place et le sens de ma vie dans tout ça.

Ces temps plus que flous n'ont fait que multiplier mes questions sur l'âge adulte et sur le futur, comme pour beaucoup d'entre nous – j'ai d'ailleurs tellement cogité sur le sujet que j'ai écrit un TedX pour parler de toutes mes interrogations, c'est pour dire.

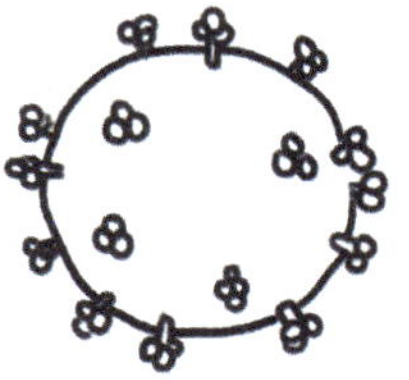

La conception de ce qu'est un adulte est mise à rude épreuve ces derniers temps, parce que, ironiquement, les adultes sont aussi perdus que les enfants. Il n'y a plus personne pour dire comment marche le monde. Pour la première fois, les « adultes » n'ont pas la réponse, même aux questions les plus simples.

D'un coup, avec le coronavirus, le monde du travail (souvent considéré comme le monde des adultes) s'est mis à l'arrêt et ceux-ci ont dû trouver des occupations à la maison, comme un enfant s'occupe pendant les grandes vacances. Les enfants sont allés travailler à l'école alors que leurs parents restaient à la maison, c'était le monde à l'envers.

« Tu feras ce que tu veux quand tu seras adulte. » Combien de fois mes parents m'ont dit cette phrase !

Mais c'est quoi être adulte si je ne peux pas faire ce que je veux ?

Pour commencer, on ne sait même pas vraiment ce que c'est d'être un adulte. *J'ai toujours eu peur de le devenir sans même savoir ce que ça voulait dire.* Les normes qui auraient pu nous donner une définition fut un temps sont bouleversées dans notre monde actuel. Il y a quelques décennies, les étapes pour devenir adulte étaient plutôt claires : se marier, acheter une maison et avoir des enfants, le tout avant la trentaine si possible. Aujourd'hui, ce parcours si bien tracé n'est plus autant une évidence, on prend plus de temps pour faire nos choix. *N'était-il donc pas grand temps de mettre un coup dans cette fourmilière pour reconstruire ces bases et les rendre plus adaptées au monde actuel ?*

Je ne pense pas qu'on ait besoin d'une *to-do list* détaillée sur les tâches à accomplir pour être adulte, c'est devenu beaucoup plus de petites étapes propres à chacun·e et étalées sur la durée. C'est donc à chacun·e d'entre nous de se creuser les méninges pour trouver sa propre définition du terme, sa définition de soi-même.

« C'est dur d'avoir 20 ans en 2020 » est une phrase qu'on a beaucoup entendue ces derniers temps. Oui, c'est clair. Le monde s'effondre et c'est pas jojo. Le début de ma vie d'adulte, au lieu d'être plein de liberté et d'insouciance comme je me l'étais toujours imaginé, est essentiellement constitué d'interdictions et de prises de conscience. Mais je pense que, même si ce n'est particulièrement pas joyeux en ce moment, c'est dur d'avoir 20 ans tout court. *C'est une période remplie de doutes, de chamboulements, de rencontres, de solitude, de désillusions, d'espoirs, d'échecs, de questions et de bonheur aussi.*

Et, dans tout ça, c'est dur de trouver qui l'on est et où l'on va. Et je pense aussi que cette période peut intervenir à n'importe quel moment de la vie, et pas seulement à 20 ans.

En résumé, c'est dur d'être humain tout court !

On dit souvent que, devenir adulte, c'est synonyme de la fin de l'insouciance, qu'il faut se « ranger ». Mais, dans un contexte de crise sanitaire et, avant ça, en « état d'urgence », l'insouciance n'est plus vraiment au goût du jour. Donc ce n'en est pas vraiment la fin, c'est plutôt que, dans notre monde, il n'y a déjà pas de place pour la légèreté.

Étant d'un naturel plutôt soucieux, petite, j'étais déjà stressée par le futur, les bonnes notes, les études supérieures, les appréciations sur les bulletins, le regard des autres... J'ai toujours eu et j'ai encore un rapport timide avec l'insouciance. Pourtant, j'ai toujours été une casse-cou, je fais toujours aujourd'hui des choses qui peuvent paraître folles : des sports extrêmes, des voyages à l'improviste, quitter mes études... mais en connaissant et calculant les risques, les tenants et les aboutissants, en me questionnant longtemps, en demandant conseil autour de moi. *J'ai l'impression qu'il est difficile pour cette génération élevée dans l'angoisse des différentes crises qui frappent l'humanité de se laisser aller et de vivre le moment présent sans penser aux conséquences.*

J'ai ce sentiment d'être perdue tout le temps, de n'avoir réponse à rien, et pourtant on m'en demande des réponses, et à des tas de trucs ! Ça fait beaucoup de choses sur lesquelles cogiter.

Ce livre s'adresse donc à mon moi de 13 ans, pour lui dire que ça va aller et que, quand ça va pas, il y a des solutions.

Mais il est surtout pour toi, là, qui lis, et pour toute personne qui se demande comment garder espoir, comment assumer ses choix et mener ses combats, comment gérer ses émotions, comment changer de voie, comment réaliser ses rêves et se réaliser soi, comment dire non, et comment dire oui aussi, comment se relever ou comment apprendre à calmer ce flot incessant de questions qui tournent en boucle. Pour toute personne qui est en quête de l'insouciance et de la spontanéité, même si c'est une denrée rare. Pour celles et ceux qui se demandent comment font les autres pour trouver l'amour, le bonheur, de la sérénité, des super jobs et des opportunités incroyables, tout en étant beaux et gracieux.

Bref, à toutes les personnes qui ont galéré et qui galèrent encore avec elles-mêmes, avec les autres et avec la vie, je n'ai qu'une chose à dire : on est ensemble. Et on va essayer de poser tout ça au clair.

Je te souhaite une bonne lecture !

première partie

C'EST QUOI ÊTRE ADULTE ?

Comme chaque fois que je cherche une définition, mon premier réflexe est d'aller voir sur Internet. J'ai tapé « définition adulte » et la première qui est sortie c'est « un être arrivé au terme de sa croissance ».

OK, merci, mais ça veut dire quoi le terme de sa croissance quand on parle d'un être humain ? On grandit tout le temps, on apprend tout le temps, on découvre tout le temps. On n'est jamais un produit fini (et j'espère qu'on ne le sera jamais) ; ça ne veut rien dire « arriver au terme de sa croissance ».

Pour une fois, Google ne m'a pas vraiment éclairée sur ma question.

Alors si être adulte ce n'est pas seulement aimer les choux de Bruxelles et savoir où se cachent mes chaussettes, c'est quoi ? J'ai demandé l'avis de certaines personnes qui m'entourent, qui m'ont aidée et m'aident encore à grandir et à me poser des questions. Et j'ai eu plein de réponses toutes différentes les unes des autres, la plupart vraiment surprenantes. Ça a débouché sur des réflexions passionnantes, que tu auras l'occasion de découvrir tout au long de ce livre.

Si je te demande ta définition à toi, je suis sûre que j'aurai autant de réponses que de personnes qui vont lire ce livre. Moi-même, j'ai vraiment du mal à poser des mots sur ce terme : je cherche à devenir quelque chose que je ne sais même pas définir.

Généralement, tout le monde est plus ou moins d'accord avec une définition. Car c'est le but même d'une définition : décrire un thème le plus objectivement possible pour tout de suite comprendre de quoi on parle. Mais là, c'est différent, il n'y en a pas une qui mette tout le monde d'accord ! La conception change et évolue selon les époques, les personnes, les endroits...

L'âge adulte est une construction sociale.

Même mon père, qui, théoriquement, est le plus adulte des adultes pour moi, m'a avoué :

> *« Je ne me sens pas vraiment adulte en fait. Même à 53 ans, parfois, je peux avoir un comportement enfantin. On ne sait pas trop ce que ça veut dire d'être adulte ; enfin, moi, je ne sais pas. C'est flou parce qu'il n'y a pas de critères, pas de définition.*
>
> *Est-ce que c'est quand on est majeur·e ? Ou après ? Mais dans les années 1960, la majorité était 21 ans, maintenant 18. Quelle est la différence ? D'un coup, les gens sont adultes plus tôt alors qu'avant ils étaient enfants ? »*

MICHEL

Comme mon père, et comme nous, les différentes sciences humaines se posent des questions sur le fait d'« être adulte ».

En philosophie, **Nietzsche** parle dans son livre *Ainsi parlait Zarathoustra* des « trois métamorphoses ».

- Selon lui, l'esprit humain est d'abord un *chameau* : il porte les pensées des autres sans se débattre, comme un chameau porte les bagages des hommes dans le désert.

- Ensuite, il se transforme en *lion* : il cherche à conquérir son monde et sa liberté, en étant en rébellion systématique.

- Et, enfin, le lion devient *enfant* : il est capable d'accueillir le présent sans être dans la rébellion. Il est, je cite : « innocence et oubli, un renouveau et un jeu, une roue qui roule sur elle-même, un premier mouvement, une sainte affirmation ».

En analyse transactionnelle (qui est la théorie de la personnalité, des rapports sociaux et de la communication), **Éric Berne** parle des « États du moi » qui forment selon lui 3 composantes principales de la personnalité : le Parent, l'Adulte et l'Enfant. Devant chaque situation, nous allons réagir en fonction de l'un de ces trois modes.

- Quand je suis en *mode Adulte*, j'observe objectivement la situation et mon environnement, et je calcule les possibilités et probabilités sur la base de mes expériences passées.

- Quand je suis en *mode Parent*, je reproduis les comportements de figures parentales qui ont été importantes pour moi. Le Parent se divise en deux catégories opposées : le Parent protecteur, qui soutient, encourage et protège, et le Parent critique, qui donne les lois, les normes et qui dévalorise.

- Dans le *mode Enfant*, je suis dans le domaine des sensations et des émotions, je reproduis des comportements de mon enfance.

Selon cette théorie, nous aurions donc toutes ces « personnes » en nous, chacune ressortant en fonction de la situation et de son intensité. On serait donc tou·te·s adultes et enfants en même temps, et ceci, à tous les stades de notre vie.

En anthropologie, **Margaret Mead** a été l'une des premières à s'intéresser à la sortie de l'adolescence et aux questions de genre. Dans les années 1920, on voit apparaître la question de *la « crise d'adolescence »* un peu partout aux États-Unis. Dans le but de comprendre ce nouveau terme, l'anthropologue passe neuf mois à étudier la population de l'île Samoa en Océanie et s'intéresse plus précisément aux adolescentes, pour observer les éventuelles différences entre les deux cultures.

Elle séjourne dans trois villages différents et, dans son ouvrage *Adolescence à Samoa* publié en 1928, elle partage ses observations. Elle y aborde la notion de *conditionnement social* à travers les rapports à la masculinité et à la féminité, mais surtout à travers l'adolescence et l'entrée dans l'âge adulte : les individus seraient poussés à contrôler leurs pulsions et à codifier leurs comportements, pour correspondre à la société dans laquelle ils évoluent. Et il se trouve qu'à Samoa, l'adolescence est bien différente de celle des États-Unis. Elle n'est « en aucune façon une période de crise et de tension » : les enfants n'ont pas la pression pour mûrir plus vite, la société est tolérante en matière de sexualité et de religion, les choix à faire sont limités et peu engageants. *L'adolescence y est un temps pour apprendre à se connaître et à connaître les autres*, loin des pressions sociales qu'impose une société occidentale.

Retour à notre civilisation. Je suis allée voir dans des dictionnaires français, à différentes époques, pour savoir quel est notre conditionnement social à nous !

Dictionnaire de l'Académie française, 1re édition (1694)

Adulte :
adj. Qui a passé l'âge de l'enfance.

Dictionnaire Hachette encyclopédique (1995)

Adulte :
adj. Arrivé au terme de sa croissance. L'âge adulte, qui succède à l'adolescence.

Grand Larousse (2014)

Adulte :
adj. Du latin *adultus* qui a grandi. Personne parvenue à sa maturité physique, intellectuelle et psychologique.

Dictionnaire de l'Académie française, 5e édition (1798)

Adulte :
adj. Qui est parvenu à l'adolescence, à l'âge de raison.

On note une évolution entre les siècles, notamment entre 1995 et 2014. Aujourd'hui, on prend en compte l'aspect intellectuel et psychologique d'un individu. Être adulte va au-delà de la simple maturité physique. Mais toutes ces définitions marquent le constat de quelque chose de fini : on affirme que l'adulte doit avoir trouvé, doit être arrivé à « l'âge de raison ».

Quelle pression de se dire qu'on ne peut plus avoir tort parce qu'on a atteint ce stade ! Et puis à quel moment on peut s'identifier à « l'âge de raison » ?

Ces dernières décennies, on a néanmoins vu apparaître de nouveaux termes comme « adulescent » (jeune adulte qui continue à avoir un comportement comparable à celui qu'ont généralement les adolescents) ou « maturescence » qui qualifie ce moment où on se rend compte qu'on devient éventuellement adulte.

La nouveauté, c'est notre recul sur tout ça.

Aujourd'hui, on habite plus longtemps chez ses parents, on fait des études plus longues, on se réoriente... On a plus de temps pour voir tout ça venir, ça crée des moments de questionnement parce qu'on a le temps de faire une introspection.

Les rites de passage étant bien plus discrets qu'ils pouvaient l'être avant ou dans d'autres cultures que la nôtre, devenir adulte est devenu un chemin propre à chacun·e, d'où ce sentiment d'être perdu·e parce que créer un chemin plutôt que d'en emprunter un déjà tout fait, ça prend du temps et pas mal de réflexion pour chercher dans quelle direction on va !

Donc c'est quoi être adulte ? Peut-être qu'on pourrait trouver une meilleure définition, moins vague, dans laquelle on retrouve nos doutes, nos galères et nos joies, non ?

Je te propose dans ce livre que l'on cherche ensemble une définition plus pertinente de ce mot, une définition qui nous appartienne.

C'est quoi, pour toi, être adulte ?

On parle souvent du passage à l'adolescence : d'un coup, on devient grand·e et bête, on ne croit plus au Père Noël, on a des boutons et on est révolté·e contre le monde.

Bon, ça, c'est peut-être un peu avant l'adolescence, j'avoue

Mais, pour l'avoir vécu, le passage à l'adolescence est bien moins complexe que le passage à l'âge adulte. Déjà parce que l'adolescence est romantisée par tout un tas de livres et de films, et que globalement, tout le monde sait à quoi ça peut ressembler en bon comme en mauvais.

Le passage à l'âge adulte est quant à lui complètement flou.

On ne sait pas quand ça commence ou quand ça se termine, on se sait pas du tout vers quoi on va. Par « passage à l'âge adulte », j'entends le moment où tu comprends que c'est à toi de prendre ta vie en main, et que ça va être difficile. Ça intervient majoritairement entre 16 et 25 ans, mais ça peut aussi être plus tôt ou plus tard.

C'est à ce moment-là qu'on commence à se poser des questions à horizon plus lointain, qu'on commence à travailler, qu'on devient de plus en plus autonome. C'est à ce moment-là qu'on se rend compte que rien n'a de sens, que « les gentils » et « les méchants » n'existent pas, et que personne ne sait vraiment ce qu'il ou elle raconte, au fond.

C'est une période de vie marquée par les doutes, les chamboulements et les prises de conscience. D'un coup, personne n'est plus responsable de nous, on doit trouver des solutions à nos problèmes tou·te·s seul·e·s, trouver un objectif de vie, des études et un boulot, ou une autre voie qui n'existe pas encore. Le rapport aux autres change du tout au tout, comme le rapport à soi. On a l'impression de tout connaître et en même temps de tout ignorer. La pression de la société nous force à aller vite, à trouver rapidement des réponses à toutes nos questions, comme si tout se jouait maintenant.

On doit « être adulte » mais personne ne nous explique comment.

On devrait distribuer un mode d'emploi histoire qu'on s'y repère un peu quoi. Une sorte de bingo de l'âge adulte qui ressemblerait à ça :

LE BINGO DE L'ÂGE ADULTE

TU AS DÉJÀ FAIT UN BINGO À LA SALLE DES FÊTES DE TON VILLAGE	TU N'AS PLUS DE CARTE ÉTUDIANT OU DE TARIF MOINS DE 26 ANS	TU AS APPELÉ LES IMPÔTS OU LA SÉCU DANS LES 2 DERNIÈRES SEMAINES
TU AS INSTALLÉ UN PURIFICATEUR D'AIR OU UNE CLIM	TU AS TAPÉ SUR GOOGLE « ÇA VEUT DIRE QUOI GG ? »	TU AS FAIT UNE BALADE JUSTE POUR LE PLAISIR DE RESPIRER LE BON AIR
TU AS UNE RACLETTE À VITRE POUR ENLEVER LES GOUTTES DANS LA DOUCHE	TU AS UTILISÉ TON NÉCESSAIRE À COUTURE POUR RECOUDRE UN BOUTON	TU AS TRANSFÉRÉ UN MAIL À UN COMPTABLE

(fonctionne aussi pour les lotos !)

(et tu t'en sers)

(ce qui implique que tu réussis maintenant à garder en vie des plantes… ou du moins tu essaies !)

TU AS DEMANDÉ « BLANC OU ROUGE ? » COMME APÉRO À TES AMIS	TU AS DÉTACHÉ UN VÊTEMENT AVEC DU BICARBONATE	TU AS ACHETÉ UN TUTEUR POUR TA PLANTE VERTE
TU NE CONSIDÈRES PLUS LE GOÛTER COMME LE REPAS LE PLUS IMPORTANT DE LA JOURNÉE	TU AS DU HOUMOUS MAISON POUR ALLER BOIRE UN VERRE CHEZ LES NOUVEAUX VOISINS	TU AS UN PORTE-LUNETTES
TU CONNAIS TON NUMÉRO DE SÉCU PAR CŒUR	TU POSSÈDES DES VERRES À PIED, ET TU LES SORS POUR LES GRANDES OCCASIONS	

(j'avoue, je le sors sans une seule hésitation)

Tu coches plus de 10 cases de ce bingo ?

BRAVO, TU ES ADULTE !

Tu en coches moins ?

Pas de panique, retente ta chance l'année prochaine !

Évidemment, ce n'est pas si simple. Je suis donc allée demander à ma mère si elle se souvenait où elle avait rangé son mode d'emploi pour devenir adulte.

> *« Il n'y a pas vraiment de première fois où je me suis sentie adulte, mais plutôt une succession de moments de vie : tant des grands moments de liberté que des grands moments de tristesse, qui font perdre un peu d'insouciance et grandir d'un coup.*
>
> *C'est un mélange de joie de s'émanciper et prendre ton propre envol vers une vie pleine de surprises (les nouvelles amitiés, les aventures, la liberté de n'avoir plus de comptes à rendre aux parents...) et une tristesse de vieillir et de devoir faire face à des responsabilités que tu dois assumer et qui souvent t'échappent (quitter son ancienne vie, son confort d'enfant, trouver un travail...). »*

Le fait de grandir par étapes, par moments de vie, parfois joyeux parfois tristes, ça me parle. Ce qui me vient en premier quand je pense au fait d'être adulte, et j'imagine que c'est le cas pour beaucoup d'autres, c'est l'étape « quitter mes parents pour m'installer seule ».

D'un coup, on est responsables de nous-mêmes à 100 %, on doit apprendre à mettre en place les petites tâches du quotidien qui vont assurer notre survie et dont on ne se souciait pas vraiment avant : faire les courses, apprendre à cuisiner de préférence des légumes verts bio et variés, faire fonctionner le chauffage, ne pas oublier les rendez-vous, les heures de cours, aller chez le médecin quand il faut, le dentiste aussi, payer les impôts, savoir différencier les impôts et l'Urssaf, apprendre à se comporter en société et avec les autres, et, dans un sens plus général, se demander ce qu'on va bien pouvoir faire de nos vies.

Et même si ça a l'air d'être un saut dans le vide qui nous arrache à notre doux confort d'enfant, je me dis que, avant, ce n'était peut-être pas une situation si confortable que ça. Pendant des années, on a subi les choix de vie de plein de gens sans jamais prendre le contrôle de nos envies. On nous imposait tout un tas de choses et de modes de vie, qui parfois ne nous correspondaient pas du tout.

Alors, prendre son indépendance, c'est un peu comme trouver son confort non ?

J'ai demandé à ma grand-mère ce que ça avait été pour elle de devenir adulte et si elle avait des conseils à me donner. Je m'attendais à ce qu'elle m'explique que c'est normal à 20 ans de se poser plein de questions – après tout, c'est l'âge des grands chamboulements, des doutes, des prises de risque.

J'imaginais même qu'elle allait me dire que les questions, c'est toute la vie, ça permet d'aller de l'avant et il faut juste l'accepter. Bon, bah, ce n'est pas du tout ce qui s'est passé.

« J'ai commencé à travailler à 16 ans et demi, je ne me sentais pas vraiment adulte mais je me suis jamais posé la question en fait. Je me suis mariée quand j'avais 22 ans.

Un adulte c'est une personne qui fait sa vie, ou seule ou avec quelqu'un, du moment qu'elle travaille et qu'elle a sa maison, elle est adulte.

C'est s'assumer financièrement parlant. Je ne me suis jamais posé la question, mais je pense que c'est quand tu quittes la maison, ou que tu te maries. Moi, je ne me sens plus du tout enfant. Je ne me sens pas vieille, je suis bien dans ma peau, c'est peut-être pour ça que j'ai pas cette sensation de ne pas être adulte.

J'ai pris la vie comme elle venait et je suis heureuse. À l'époque, on se posait pas trop de questions, je crois. »

NICOLE

C'est vrai qu'il y a une sacrée différence entre nos deux époques, parce que moi j'ai été éduquée à me demander quelle est ma place et quel est l'impact de mes actions, et ça, depuis toute petite.

J'ai grandi dans un environnement qui subit crise sur crise, qu'elles soient sociales, environnementales ou économiques. D'aussi loin que je me souvienne, on m'a toujours dit que la fin du monde était proche et que je devais participer à sauver l'humanité. ***C'est peut-être pour ça que je me pose des questions sur l'âge adulte depuis longtemps, parce qu'on m'a fait me sentir responsable d'autres que moi très jeune, alors que ça, c'est un peu le rôle des « grands » à la base.***

J'en parlais avec Jeanne avec qui j'étais dans la même classe au lycée et qui est restée une de mes meilleures amies depuis. On passe la majeure partie de notre temps ensemble et ce que j'apprécie particulièrement chez elle, c'est son calme face à la vie. À côté de moi qui pars toujours dans tous les sens, Jeanne est un peu une grande sage :

> *« Je pense que je me suis sentie le plus adulte quand je sentais qu'on comptait sur moi, et que j'étais capable d'assurer, d'être là pour les autres.*
>
> *Se sentir adulte c'est peut-être sentir que le poids de ses expériences, aussi mince soit-il selon le temps qu'on a vécu, peut servir à donner quelque chose de soi aux autres, à donner des clés à quelqu'un d'autre sur quelque chose dont on a acquis l'expérience.*

> *C'est aussi pour moi être capable de se dégager de ses propres problèmes pour prendre soin des autres. Quand on est enfant ou adolescent·e, on a tendance à être focalisé·e sur soi, sur ce qui bouge à l'intérieur de soi. L'âge adulte, s'il en est, peut nous permettre de nous détacher de nous-mêmes pour nous ouvrir aux autres, et de manière générale à toutes les expériences que le monde peut nous offrir. Être adulte, c'est avoir assez mariné dans sa sauce quand on est ado pour pouvoir s'ouvrir et donner de soi une fois ce passage terminé. »*

Je suis d'accord sur le fond mais je suis un peu plus pessimiste sur la forme. Je trouve justement qu'on est poussé·e·s trop tôt à se poser des questions sur les autres justement, et qu'on n'accorde pas assez de temps… à nous-mêmes.

C'est difficile si on ne se connaît pas soi d'essayer d'aider les autres. Je me revois en primaire en train d'apprendre des chansons qui parlaient de solidarité et d'écologie pendant mon cours de chorale.

Eh oui, il fallait déjà penser aux autres et à la planète.

(tant mieux, hein, si ça peut sauver quelques meubles !)

Peu à peu, j'ai vu s'installer partout des poubelles de recyclage, j'ai assisté à la naissance du débat sur le bio et les OGM, et des questionnements sur nos modes de vie. Mais ce n'est pas tout car, dans le même temps, en cours d'histoire, on étudiait les guerres qui ont ravagé et ravagent encore le monde. J'ai vu s'installer la peur du terrorisme en France, et la psychose du plan Vigipirate, puis récemment la crise sanitaire.

J'ai vu s'imposer de plus en plus de débats sur le féminisme, sur la question du genre, et sur celle du racisme.

Ma génération a grandi dans un climat de prise de conscience immense de l'impact de l'homme sur son environnement et sur ses congénères, le tout dans un climat de méfiance envers les médias et les individus, ne sachant plus vraiment qui croire.

J'étudie depuis mes 10 ans les plus grands crimes de guerre mais, en parallèle, je ne sais pas comment je dois me nourrir pour avoir un apport nécessaire de tous les nutriments. Et, en tant qu'adulte, j'ai maintenant pour mission de trouver ma place et me faire un avis dans toutes ces incohérences de ce système complexe ?! *Avouez, ça fait beaucoup !*

J'ai également grandi dans une période où le culte de la personnalité est très important : *tout le monde doit être une personnalité extraordinaire, avoir un talent et le faire reconnaître en vrai et en virtuel. Une pression vis-à-vis de l'humanité donc, mais aussi vis-à-vis de nous-mêmes : il faut se trouver et réussir, le plus vite possible de préférence.*

Tout le monde cherche son propre sens pour apporter sa pierre au sens général.

À l'ère Covid, je suis un peu jalouse du luxe de ceux et celles qui n'ont pas eu à se poser de questions parce que moi, je n'ai pas ce choix. Concrètement, aujourd'hui, même une action aussi basique que voir des amis ou sortir de chez soi est sujette à tout un panel de questions qui nous dépassent.

Et, au-delà du quotidien, ne pas se poser de questions sur nos modes de vie et sur nos actions, ça en devient criminel. Si je ne me questionne pas sur l'origine de mes vêtements, si je ne me demande pas si mon pull a été fabriqué de manière éthique, je sais pertinemment que je suis potentiellement en train d'exploiter des personnes maltraitées en Chine. Je n'ai pas envie de participer à ça, et je trouve que ça serait un luxe irresponsable de ne pas me poser de questions sur ce qui nous entoure. Je me sens coupable aussi d'une certaine manière. Coupable de participer indirectement à tout ça, de ne pas réussir à changer le monde plus rapidement, coupable d'avoir envie de ne pas y penser. Et pourtant, je suis persuadée que tout ça peut être une bonne chose. *C'est paradoxal, tu me diras.*

Se poser des questions, et le fait qu'on s'en pose de plus en plus, c'est génial. Je ne sais pas si un humain qui ne se pose pas de questions est un humain heureux, mais je pense qu'un humain qui s'interroge a le pouvoir de rendre autrui moins malheureux. Et lui-même par la même occasion. Parce que remettre en cause ce qui se passe autour de nous, ce n'est pas seulement mieux nous connaître et trouver ce qui nous correspond, mais c'est aussi pointer des inégalités et des injustices pour faire bouger les choses. *Tout n'est pas tout noir ou tout blanc, il n'y a pas de gentils ou de méchants, on peut être serein·e sans avoir une position stable, on peut douter et être adulte.*

Je n'ai pas (encore) de définition précise sur l'âge adulte, mais je me rends bien compte que par rapport à quand j'étais enfant, ma vie quotidienne, mon rapport au monde et mes goûts changent.

Aujourd'hui, malgré le fait que je regarde toujours High School Musical, que je commande des frites à la place des légumes au restaurant, et que je ne sais toujours pas ce que je vais faire dans la vie, je me sens adulte.

Enfin, en tout cas, je me sens plus adulte qu'avant.

Plus qu'hier.

Alors, comment faire pour laisser de côté toutes les théories sur l'âge adulte, sur l'adolescence et l'enfance, et essayer de trouver une définition plus vaste, remplie de nos doutes et des angoisses qui nous touchent aujourd'hui ?

En écoutant mes proches me parler de leur expérience, et en observant les étapes qui me faisaient grandir peu à peu, j'ai pris conscience que, pour moi, on passe à l'âge adulte quand on commence à réaliser ses rêves d'enfant.

QUAND JE SERAI GRANDE, JE SERAI ARTISTE, PUIS JE SAURAI FAIRE DE LA GUITARE, JE FERAI RIRE LES GENS SUR SCÈNE PUIS JE FERAI LE TOUR DU MONDE !
T'INQUIÈTE, ÇA VA LE FAIRE !

deuxième partie

CHACUN SES RÊVES,
CHACUN SON CHEMIN

J'ai toujours été très rêveuse. Encore aujourd'hui, ma vie est plus ou moins dictée par mes rêves d'enfant, que j'ai soigneusement répertoriés dans la liste officielle de mes objectifs de vie.

Quand je suis retombée dessus quelques années plus tard, j'ai été surprise de voir à quel point nombre d'entre eux, même les plus farfelus, se sont déjà réalisés. Et surtout à quel point ce que j'imaginais ne s'est que très rarement avéré être ce qui s'est passé, et que c'était parfois même de grandes déceptions. Mais vivre ces rêves a aussi été une mine d'or d'expériences qui m'ont permis et me permettent encore d'avancer pas à pas vers mon vrai moi et mes vraies envies ; échecs ou non, cela m'a apporté énormément de positif.

Laissez-moi vous parler de tout ça.

Cette « quête » de réalisation de mes rêves d'enfant a commencé en 2018. À l'époque, je venais d'avoir mon bac et je suivais des cours dans une fac de communication. Sans trop m'avancer, je peux dire que c'était la pire année de ma vie : j'étais seule et déprimée, je ne faisais pas grand-chose de mes journées et je n'avais aucun objectif pour le futur.

Puis, par hasard, j'ai participé à un concours qui a changé ma vie : « Toi-même tu filmes ».

Le but était de créer une vidéo de 90 secondes sur la fraternité, avec plusieurs lots dont le premier était une sorte de stage pour apprendre à faire des vidéos pendant une semaine à Los Angeles.

De tous les concours auxquels j'ai participé dans ma vie, c'est le premier que j'ai gagné !

Une fois à Los Angeles, j'ai décidé que j'allais croire en moi, prendre ma vie en main et m'investir à fond dans ma passion pour les vidéos. Et surtout, j'ai rencontré des gens qui ont radicalement changé ma vie et qui continuent de m'inspirer au quotidien.

Parmi eux, Eros. Pendant ce voyage, il était à la fois journaliste, photographe, coach de vie... La quarantaine, papa, Eros a un parcours de vie complètement opposé au mien, et pourtant je me suis tout de suite identifiée à lui. Apprendre à le connaître a changé ma vie sur plein d'aspects, mais j'ai surtout découvert qu'il était possible de faire plusieurs choses dans la vie : *avoir plusieurs métiers, plusieurs passions et plusieurs casquettes en même temps.*

« Plus jeune, mes rêves n'étaient pas vraiment les miens. Je pensais vouloir être médecin, puis avocat, avant de me rendre compte des années plus tard que c'était les rêves de mes parents. Mais, avant ce constat, j'ai été diplômé de droit, j'ai travaillé au Sénat, je voulais une belle voiture, une belle maison, une belle femme... Puis, un jour, j'ai ouvert les yeux : c'était super chiant. Et j'avais aucune intention de faire ça pour le reste de ma vie. Je suis parti à la conquête de mes vrais rêves. J'ai remis en question toute ma conception de "réussir". J'ai compris qu'être adulte, c'est peut-être accepter de ne pas l'être. La transition peut être source de souffrance et ne se fait pas du jour au lendemain. Mais elle amène une sorte de sérénité envers soi-même, une satisfaction personnelle qui ne se lit pas chez ceux qui continuent de suivre les rêves des autres. Grandir, c'est retrouver ces rêves qui sont souvent en nous depuis longtemps mais enfouis sous les rêves des autres.

Quand j'ai commencé à prendre des photos, ça m'a fait un bien fou, et ça ne m'a jamais quitté. Et quand j'ai fait de la photographie mon métier, mon père m'a dit que j'avais toujours eu une volonté de créer des images, que petit je passais un temps fou à dessiner les gens... Ça m'est revenu, ça a toujours été là même si je l'avais oublié. Une fois qu'on a eu l'occasion, la rencontre ou le déclic qui nous a fait retrouver nos rêves, encore faut-il pouvoir s'y accrocher malgré les obstacles. »

Cette discussion m'a fait beaucoup réfléchir sur mes rêves à moi. *Mes vrais rêves, je veux dire.* Quelles sont les choses auxquelles j'ai envie de m'accrocher malgré les obstacles ?

Et c'est avec cette question en tête que je suis partie en réaliser quelques-uns. Pour la plupart, ce n'était pas du tout ce que j'imaginais ; j'ai parfois vécu de belles surprises mais aussi beaucoup de déceptions et remises en question.

En avant toute vers le premier rêve de cette grande liste !

Être humoriste

Mon plus grand rêve de mes 8 à mes 18 ans, c'était d'être humoriste : je me voyais monter sur scène, de préférence dans des zéniths ou des stades, et faire des blagues qui rendraient hilare quiconque les entendrait.

(oui, je ne fais pas dans la demi-mesure !)

Mais voilà, j'habitais dans un petit village à la montagne de 2 000 habitants et le stand-up ne faisait pas vraiment partie des activités locales.

Et il s'avère que j'ai un très fort esprit de contradiction : *plus l'idée me semblait impossible, plus elle m'obsédait.* Je passais mes journées à regarder les spectacles de Gad Elmaleh et de Florence Foresti, que j'ai d'ailleurs fini par retenir au mot près. Je m'identifiais à leurs mimiques, leurs façons de penser et de parler, même si les thématiques ne me touchaient pas, même si nous avions quelques décennies d'écart. J'étais fascinée par cette façon de s'emparer d'un sujet du quotidien et d'être capable d'en faire un sketch qui pourrait faire rire une enfant de 10 ans comme un père de famille de 60 ans.

En 2010, est arrivé un petit nouveau sur la scène humoristique : Kev Adams. Il avait alors 17 ans et passait dans « On n'demande qu'à en rire » sur France 2 pour faire un sketch par semaine. Son sujet de prédilection : les ados et toutes les problématiques qui leur sont associées.

(je parle du haut de mon grand âge)

À l'époque, c'était une petite révolution car l'adolescence était encore peu représentée par des figures publiques, et encore moins sous l'angle de l'humour.

Si je me reconnaissais particulièrement dans ce Kev, c'était à cause de ses cheveux. Il arborait fièrement une crinière frisée qui ne correspondait pas du tout aux critères de beauté de l'époque : *moi et mes complexes capillaires étions RAVIS ! J'ai toujours eu des cheveux très bouclés et très épais qui m'ont valu les charmants surnoms de « mouton » et de « Jack Sparrow » jusqu'au lycée.*

Pour la première fois, je pouvais m'identifier à quelqu'un qui non seulement était aimé et drôle, mais qui, en plus, assumait ses cheveux et en riait. Ça a été une vraie révélation pour moi : en apprenant à rire de mes complexes plutôt que d'essayer de les cacher à tout prix, j'apprendrais à me démarquer et à en faire une force. Et aussi à entamer la longue voie de l'acceptation de moi, défauts et qualités confondus, dont nous parlerons un peu plus tard dans ce livre. *Alors, je me suis lancée avec énergie dans cette nouvelle passion : faire rire.*

Au collège, au lieu de faire mes devoirs en rentrant à la maison, je passais des heures devant l'ordinateur de la maison à apprendre par cœur les sketchs de Kev pour pouvoir les refaire en haut des escaliers à la récré (qui a été ma grande scène à moi pendant quelques années). Mon pseudo est d'ailleurs né à la suite d'un de ces shows que j'offrais à mes camarades, lorsqu'une amie m'a dit que *je faisais mon « louannemanshow ».*

Quand j'ai créé ma chaîne YouTube à 15 ans, dans l'idée d'y mettre en ligne mes propres sketchs cette fois, *je n'avais aucune idée de comment faire des vidéos.* Mais vraiment aucune. Et quand j'ai appuyé pour la première fois de ma vie sur le bouton « enregistrer », j'étais très loin d'imaginer toutes les subtilités qui se cachaient derrière : apprendre à être à l'aise devant la caméra, savoir cadrer, monter et donner du rythme à une vidéo, trouver mon style, mais aussi l'aspect un peu plus « professionnel » de ce genre de vidéo comme comprendre le référencement sur YouTube, apprendre à négocier des contrats, mettre en place une ligne édito ou un business plan...

Mais, la base d'une vidéo pour moi, c'est l'écriture.

On me demande souvent combien de temps ça prend pour écrire une vidéo, et la réponse est vraiment très variable.Parfois, il suffit d'une idée et de quelques heures, mais la plupart du temps c'est quelques jours ou semaines, le temps de trouver tout ce que j'ai envie de dire et de trouver l'angle adapté, et de temps en temps, ça prend même des mois.

C'est par ce biais-là que j'ai appris à écrire des blagues.

Même si j'avais déjà fait rire spontanément ou en copiant des sketchs d'autres humoristes, écrire ses propres blagues est un travail immense qui nécessite rigueur et patience. Chaque mot doit être pesé, le rythme doit être respecté à la seconde près, l'histoire doit être bien ficelée et accessible à tou·te·s et pas seulement à des personnes qui nous connaissent ou qui comprennent de quoi on parle sans qu'on ait à l'expliquer. Écrire une blague, c'est prendre une situation et chercher tous les angles possibles pour la rendre comique. Une fois qu'on a notre angle, le but est de creuser le plus possible pour que ça soit surprenant pour le public. C'est un processus fascinant et illimité.

Entre-temps, j'ai eu la chance de rencontrer quelques humoristes, qui sont devenus des amis pour certains, qui m'ont permis de mieux comprendre cet art. Mais monter sur scène restait encore trop irréalisable pour moi, c'est bien plus sécurisant de jouer devant ma caméra, seule dans ma chambre.

Et au bout de toutes ces années, de doutes, d'essais, et d'appréhensions, il était temps.

Fini de traîner dans les publics de toutes les scènes de Paris, j'ai pris mon courage à deux mains et je suis montée sur scène. Enfin, ce n'était pas vraiment une scène, pour être exacte, c'était une laverie.

C'est une scène où on passe les uns après les autres pour présenter 5 à 10 minutes de blagues.

J'ai été invitée à participer avec plusieurs autres humoristes à un plateau qui se trouvait être dans une laverie. Ils avaient tous déjà beaucoup d'expérience et je me suis retrouvée à raconter ma vie devant une trentaine de personnes agglutinées sur des machines à laver. Passer de raconter des blagues avec mon texte sous les yeux devant ma caméra (et à l'abri des regards) à une scène avec un micro et de grands yeux à 2 mètres de moi qui attendent de rire, ça change pas mal de choses.

Même si j'ai décroché quelques rires et que globalement ce n'était pas si mauvais.

Je ne m'attendais pas à être très douée dans cet exercice mais je m'attendais au moins à aimer ça et à vouloir m'améliorer. Ça n'a pas été le cas. C'est une expérience que je suis très heureuse d'avoir vécue mais, après toutes ces années d'attente et d'écriture, j'étais plutôt déçue de voir que ça ne m'avait pas plu autant que je l'espérais.

J'ai réitéré l'exercice dans des endroits différents (avec des vraies scènes, cette fois), des publics différents, des textes différents. J'avais l'impression que c'était un devoir pour moi, d'avoir trouvé ma vocation parce que c'était mon rêve, mais en réalité, c'était plus une corvée qu'autre chose.

Ce constat était surprenant à faire. Cela faisait plus de 10 ans que je répétais à qui veut l'entendre et à moi-même que mon plus grand rêve c'était d'être humoriste. Et, une fois là, ça ne me plaisait pas vraiment en fait. J'ai aimé l'ambiance, et le fait de jouer mon sketch devant des inconnus, mais pas assez pour me donner envie de continuer.

C'est comme si je m'étais trompée de rêve.

Ou comme si je m'étais rendu compte qu'il était accessible et que je n'avais pas forcément envie de faire le chemin pour y arriver. Avec le recul, je pense juste que l'exercice brut du stand n'est pas fait pour moi pour le moment. J'ai trouvé la forme d'humour qui m'épanouit maintenant, quand je fais des vannes à mes amis ou que j'en écris pour mes vidéos, et je pense que la scène reviendra à un autre moment de ma vie, au bon moment. Mais cette expérience m'a apporté beaucoup de choses ! D'abord, j'ai appris à considérer l'importance du bon moment. *Si ce n'est pas mon moment maintenant, ça ne veut pas dire que ça le sera jamais, juste que ça a besoin de mûrir un peu plus dans ma tête.* J'ai eu trop d'exemples dans ma vie qui m'ont persuadée que les choses arrivent au bon moment, et si elles n'arrivent pas, ce n'est pas le bon moment.

(même si c'est très cliché, j'y crois dur comme fer)

J'ai aussi appris que parfois, on croit qu'on a un rêve, et que finalement ce n'est pas vraiment le nôtre, ou qu'il ne nous correspond plus. On a le droit de l'abandonner complètement et de passer à autre chose ou de le faire d'une autre façon, et ce n'est pas grave. Aujourd'hui je préfère faire des vannes dans mes vidéos que sur scène : ce n'est pas parce que je ne réalise pas le rêve de mes 8 ans que ma vie est fichue.

Faire le tour du monde

Quand j'étais petite, j'ai accroché une carte du monde géante sur un mur de ma chambre, devant laquelle je passais des heures à rêvasser, à me demander quand j'irais explorer Tokyo, Rio de Janeiro ou les îles Sandwich. Quand j'imaginais ma vie, qu'importe mon travail, qu'importe ma famille, qu'importent mes obligations, je m'imaginais parcourir le monde.

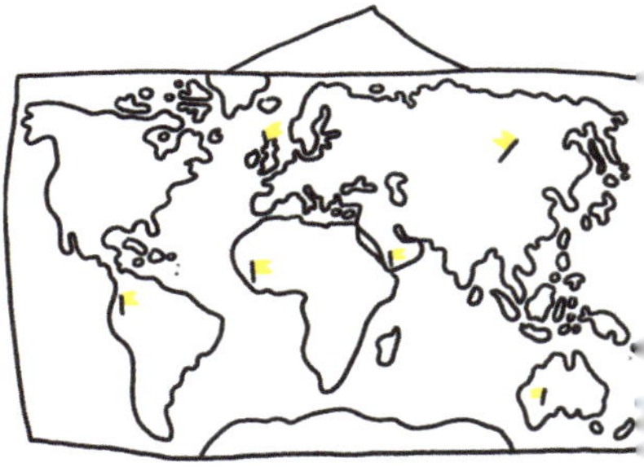

Au collège, la semaine de voyage scolaire était écrite en rouge dans mon agenda dès le premier jour de rentrée.

En 5e, j'ai choisi de m'inscrire en classe de latin, pas vraiment pour l'amour de la langue mais pour le voyage à Rome qui était organisé 3 ans plus tard. 3 années de latin pour partir 4 jours à Rome avec 34 heures de bus aller-retour, je me rends compte avec le recul que c'est cher payé. Au lycée, je ne compte plus le nombre de profs, que parfois je ne connaissais pas du tout, que je suis allée voir après les cours pour essayer de les convaincre de me laisser prendre part à leur voyage de fin d'année. Mon emploi du temps se partageait entre tous les voyages des classes de LV2 et de la spécialité cinéma. *Ça fait beaucoup d'heures de bus.*

L'idée de partir dans une université étrangère était bien plus importante que le cursus en lui-même, et ce qui m'attirait surtout quand je pensais à mon futur travail, c'était une carrière qui me permettrait de voyager à ma guise, peu importe le domaine. *J'ai mis quelques années avant de me rendre compte à quel point le voyage et l'aventure étaient une priorité dans ma vie.* Pour moi, c'était normal d'aller voir des profs dont je ne suivais pas les cours pour leur demander de m'emmener.

(c'est plus tard que je me suis rendu compte que personne ne faisait ça.)

Cette envie d'explorer les plus grandes métropoles comme les endroits les plus reculés du monde ne m'a jamais quittée, et je pense même qu'elle s'intensifie avec les années. *Je suis passionnée par le fait de collecter de nouvelles expériences, et d'entendre de nouvelles histoires.* Je ne l'explique pas, mais c'est ça qui me fait vibrer et j'ai envie que ma vie soit guidée par le voyage et l'imprévu. *Pour mes 20 ans, je me suis fait la promesse que chaque année pour mon anniversaire, je m'offrirais, comme cadeau de moi à moi, un voyage.* Qu'il soit lointain ou proche, d'aventure ou de repos, que je le fasse seule, avec des amis ou des inconnus, je veux être sûre au moins une fois par an de célébrer le monde dans lequel j'évolue et de partir le comprendre un peu mieux.

Pour le premier voyage de cette résolution, et pour mon premier voyage sans parent ou école, j'ai décidé de partir un mois sac à dos faire le tour du Mexique en bus. Je suis partie avec une camarade de classe, qui est devenue une de mes meilleures amies depuis, mais que je ne connaissais pas vraiment à l'époque. Un jour entre deux cours, elle m'a juste dit : *« Ça te dit qu'on parte au Mexique juste après nos examens ? »*

Sur un coup de folie, mi-sérieuse mi-« sur le ton de la rigolade », j'ai dit « oui ». Et on l'a fait.

Équipées de nos petits sacs à dos et de notre soif d'aventure, nous étions en route vers l'une des expériences les plus formatrices de notre vie, malgré toutes les peurs et les galères qui se sont présentées à nous.

D'abord, j'ai dû trouver un équilibre entre ma propre peur et celle de mes parents, pour qui cette nouvelle n'était pas aussi exaltante que pour moi. Le jour où j'ai annoncé à ma mère que j'avais pris mes billets, après avoir évoqué le sujet pendant des semaines, elle m'a répondu « OK ». Ni plus, ni moins. Ma mère ne m'a jamais répondu « OK » de ma vie entière, même pour mes plus grosses bêtises. D'un coup, je ne craignais plus de croiser des gangs au Mexique, mais juste de croiser ma mère.

Ma peur à moi était également immense, notamment quand je suis allée chez la médecin pour me faire vacciner pour l'hépatite B et la typhoïde (déjà, c'est pas rassurant). Elle m'a donné 10 pages de recommandations et d'avertissements sur le Mexique : en dehors des risques de pirates, des risques sismiques et volcaniques et des violences du crime organisé, il y avait également beaucoup de maladies qui circulaient : la ciguatera, l'amibiase, l'anguillulose, ou encore les épidémies de choléra et de lèpre qui ont été référencées dans la région. *Autant de mots qui m'ont fait paniquer comme jamais.*

Dans un domaine beaucoup plus concret, je me suis aussi rendu compte que je n'avais aucune idée de ce que je devais prendre pour un voyage comme celui-ci. On parle beaucoup des aventures en sac à dos mais on ne parle jamais de ce qu'il faut mettre dans le sac à dos. J'avais peur que ça soit trop lourd, mais en même temps d'oublier des choses essentielles, je ne savais pas comment j'allais m'habiller dans un endroit aussi loin, j'avais peur qu'on me vole tout.

(dans la quatrième partie, p. 142, je te donne mes petits tips pour ça !)

J'ai finalement tranché pour prendre seulement le minimum, un pyjama, une brosse à dents et ma caméra, me disant que j'achèterais le reste là-bas. *C'était plutôt une bonne idée sur le papier, mais pas dans la réalité.* Je n'avais pas imaginé qu'il puisse faire froid au Mexique, et je me suis retrouvée à chercher un pull désespérément dans toutes les boutiques et marchés qu'on croisait.

Les premiers jours, rien que de sortir faire les courses en plein jour ou prendre le métro me faisaient cauchemarder. Parce que jusque-là, malgré les quelques témoignages qui m'avaient vendu un pays génial, le Mexique que j'imaginais était une espèce de *no man's land*, ravagé par la drogue et les fusillades, classé parmi les endroits les plus dangereux du monde. L'idée que je me faisais du Mexique était complètement façonnée par les médias, et les médias ne sont pas réputés pour tirer le meilleur de leurs sujets. J'avais quand même la sensation que ça allait bien se passer, mais j'étais terrifiée. J'avais peur des foules, des gangs, des transports, des gens, de la nourriture, des insectes (surtout des insectes). *Une peur qui me tétanisait, qui m'empêchait d'ouvrir les yeux et de voir ce qui se passait vraiment autour de moi.*

Le premier jour, on venait d'arriver à Mexico et le décalage horaire nous a mises KO. On a dormi comme des masses pendant 15 heures, et ce coma aurait pu continuer longtemps si on ne s'était pas brusquement fait réveiller par ce qu'on pensait être des coups de feu. La panique a tout de suite pris le dessus, les bruits semblaient venir de la rue d'à côté. On essayait de regarder par les fenêtres sans trop s'approcher de peur de se faire tirer dessus. On entendait des sortes d'explosions, des klaxons, des foules qui se déplacent. On a pensé à tous les scénarios possibles : une descente de police, un règlement de comptes, une guerre civile.

On n'avait pas de réseau, une faible connexion Internet grâce à laquelle on essayait de se connecter aux sites d'infos locales, *mais on ne trouvait aucune info.* On n'osait pas descendre voir ce qu'il se passait évidemment, donc on est restées 3 longues heures cachées sous des tables dans l'appartement, au cours desquelles j'ai très sérieusement pensé à écrire une lettre d'adieu à mes proches. Les bruits ne s'estompant pas, on a finalement pris notre courage à deux mains pour aller essayer de demander à quelqu'un ce qui se passait. Une fois arrivées au pied de l'immeuble, on a croisé un jeune homme qui avait l'air d'avoir notre âge et qui n'était pas du tout paniqué par la situation. On lui a demandé avec des mots espagnols pâteux ce qui se passait. Surpris, il a pointé du doigt le bout de la rue.

C'était dimanche, et qui dit dimanche, dit jour du carnaval. Oui, le carnaval. On venait de passer 3 heures cachées sous des tables parce qu'on avait entendu le CARNAVAL. L'absurdité de la situation m'a frappée en pleine tête. Des tambours, des feux d'artifice, des costumes de toutes les couleurs, de la joie, des chants, des rires. Voilà ce qui me terrifiait depuis des heures.

Quand je repense à ce moment, je suis mi-hilare mi-honteuse. Je crois que je me suis rarement sentie aussi bête que ce jour-là. *Je me suis complètement inventé une réalité à cause de ma peur.* C'est à partir de ce moment que j'ai décidé de la laisser tomber, et j'ai vécu une des meilleures expériences de ma vie. Au gré des rencontres et des observations, j'ai compris que tous ces a priori et mes peurs ne reposaient sur pas grand-chose. Et, sans ce filtre de peur, j'ai découvert les plus beaux endroits que j'ai jamais vus, rencontré des gens géniaux, appris des tas de choses sur moi et sur les autres. Je me suis sentie en sécurité et libre.

Quelle merveilleuse surprise.

C'est normal d'avoir peur, d'être méfiant·e dans un endroit et une culture que l'on ne connaît pas, et de faire attention, mais se laisser submerger par cette peur et ces craintes prive de beaucoup de choses et contribue surtout à enraciner des clichés qui ne sont pas réels.

Tout en restant lucide, on peut s'ouvrir et apprendre des autres sans tout refuser en bloc.

Les problèmes existent et il ne faut pas les nier, mais il n'y a pas que ça, et la réalité peut se révéler être bien plus belle. Mon intention n'est pas de dire que ce n'est pas dangereux et que tout est rose, mais plutôt de souligner qu'il faut arrêter de se focaliser seulement là-dessus et apprendre à voir au-delà.

De plus, le « danger » est une conception hasardeuse. Le danger est partout, le fait même de vivre est dangereux. On peut mourir à n'importe quel moment, de n'importe quelle cause. Je pourrais m'étouffer avec un brocoli et mourir sur le coup. Est-ce que ça veut dire que je ne vais plus jamais manger de brocoli ? Non, j'adore les brocolis.

Tout en connaissant ses capacités, ses limites, et les dangers auxquels on pourrait être confronté·e et la meilleure façon de réagir, il faut foncer et tester des trucs. Ça ne nous mènera qu'à une meilleure compréhension de nous et des autres.

Il y a un dicton qui dit ;

« Le voyage forme la jeunesse »

et j'irai plus loin en disant que le voyage forme à apprivoiser ses peurs, quel que soit l'âge qu'on a. Un voyage pour moi n'est pas forcément une valise, un avion et une destination exotique inconnue, mais plutôt un état d'esprit, une sortie de zone de confort, même dans un environnement qu'on connaît déjà. *Le voyage c'est dire oui à ce qui se présente à nous, sans essayer de le contrôler et en le vivant pleinement.*

Et ça commence dès qu'on sort de chez soi : au sens propre, quand on sort de sa maison, et au sens figuré quand on sort de dedans sa tête et qu'on se confronte au monde extérieur.

Jouer de la guitare

La guitare et moi, c'est une longue histoire. À la maison, mon père en a toujours joué, et j'adore le regarder et l'écouter. *Je n'ai cependant jamais osé m'y mettre car je trouvais ça bien trop compliqué, sans même vraiment essayer.* La musique a toujours été pour moi quelque chose de fascinant, mais aussi de mystérieux, presque sorcier. Je pensais cette discipline encore plus inaccessible que le plongeon ou les études de médecine.

Connaître le solfège, les notes, le sens du rythme, avoir l'oreille musicale... sont autant de qualités musicales dont je ne disposais pas, rien que d'essayer de plaquer un accord et j'avais les doigts en sang. Mes cours de chorale et de flûte au collège m'ont bien confirmé que ce n'était pas du tout, mais alors pas du tout, mon truc. L'air d'« Au clair de la lune » à la flûte a été ma seule compétence musicale pendant plus d'une décennie, me persuadant que la musique n'était pas un truc pour moi, et que ça ne serait qu'une perte de temps.

Pendant ma première année de fac où j'avais peu de cours et beaucoup de temps libre, j'ai décidé d'acheter un ukulélé pour m'occuper et, à défaut, pour en faire une décoration dans mon appart étudiant.

Il était si petit, si mignon, si abordable...
je l'ai tout de suite adoré.

Les cordes étaient douces et plaquer des accords ne me faisait pas saigner des doigts comme avec la guitare. Au bout de quelques jours de bidouille, j'avais déjà saisi quelques accords, et ce n'était pas horrible à l'oreille. Les centaines de tutos YouTube disponibles pour apprendre comment en jouer de long en large et en travers n'ont fait que m'encourager à m'y mettre et m'ont permis de me rendre compte que ce n'était pas du tout sorcier, en fait.

Juste un peu de travail et d'envie.

Ça a changé ma vie. J'ai compris que je n'avais pas besoin d'avoir fait 10 ans de solfège ou d'avoir l'oreille absolue pour apprendre des accords et les plaquer en rythme. Au bout de quelques mois, j'arrivais à jouer toutes les chansons qui me plaisaient, et j'ai appris à chanter par-dessus dans un second temps. Dissocier le mouvement des mains et la parole est compliqué au début, mais ça s'apprend. Et, de fil en aiguille, plus j'apprenais à jouer du ukulélé, plus la guitare me paraissait accessible. *Il m'a fallu une crise sanitaire et un confinement total pour que je redonne une chance à la bête.* Puisque le monde s'effondrait et que je n'avais pas grand-chose à faire en attendant, autant apprendre la guitare. Cette fois-ci, pas question de m'arrêter à la première ampoule sur les doigts. Mon père, en bon mélomane, a tenté tant bien que mal de m'apprendre le fonctionnement de do-ré-mi-fa-sol-la-si-do, mais moi j'avais juste envie d'apprendre Ed Sheeran. Quand j'ai réussi à enchaîner mes premiers accords sans que ça me fasse crisser des dents, j'étais aux anges.

À partir de là, sans trop pouvoir l'expliquer, j'avais saisi le truc. Encore une fois, les tutos en ligne m'ont beaucoup aidée à comprendre et à progresser. Puis, avec un peu de bidouille par-ci et d'entraînement par-là, j'ai réussi à faire toute une chanson, à enchaîner les arpèges et même à chanter par-dessus ! Presque un miracle.

Depuis, pas un jour ne passe sans que je touche la guitare, même pour 5 minutes. J'adore la sensation d'en jouer sans pour autant prétendre devenir le prochain Jimi Hendrix. Je peux m'amuser à jouer et chanter quelques chansons que j'aime, juste comme ça. Non seulement c'est complètement accessible mais en plus c'est un kif absolu à chaque fois que j'apprends un nouveau truc. C'est surtout le plaisir d'apprendre à mon rythme qui est chouette, et de pouvoir jouer ce qui me plaît même si je ne m'y connais pas vraiment. Je ne pourrai jamais maîtriser ça, et ça me va ; j'ai pas envie de devenir la plus grande guitariste du monde. *On peut réaliser ses rêves de plein de manières différentes.* Et surtout, j'ai compris qu'il n'est jamais trop tard pour apprendre quelque chose de nouveau, qu'importe le domaine. À 21 ans, j'ai eu ce blocage du « je suis trop vieille pour faire ça » des centaines de fois, alors que même si j'avais commencé à gratter une guitare à 72 ans, ça n'aurait pas été trop tard !

Trop tard pour quoi ? Par rapport à quoi ? Ça prendra peut-être plus longtemps que les autres, ou les résultats ne seront peut-être pas à la hauteur de ceux attendus, mais si tu travailles tous les jours pendant des années sur quelque chose c'est impossible que ça ne devienne pas ton truc. Les astronautes ne naissent pas en sachant piloter une fusée, ça s'apprend. Ça passe par le même apprentissage que pour tout le reste : accepter de ne pas savoir, comprendre comment ça fonctionne, lire des livres, suivre des cours, accepter de se planter et apprendre de ses erreurs, pour ne plus se planter au même endroit après. Peut-être que « accepter de se planter » quand on parle de piloter une fusée n'est pas l'exemple le plus pertinent, je te l'accorde. Mais tu as compris l'idée !

Dans les années 1990, Anders Ericsson met au point la théorie des 10 000 heures : au bout de 10 000 heures de pratique dans une discipline, une personne devient maîtresse en l'art de cette pratique. Il a observé ça sur des joueurs d'instrument, d'échecs, mais aussi dans d'autres domaines comme le business, le sport… À un moment donné, le cerveau accumule tellement d'informations qu'il est capable de faire des connexions instantanément. Même si cette théorie a été remise en question et qu'elle dépend de beaucoup de facteurs pour être effective, et bien que l'apprentissage ne soit pas le même pour chaque personne, je trouve le fond intéressant. Si je m'entraîne pendant des mois voire des années et que j'ai l'envie et la curiosité d'aller plus loin, il n'y a pas de raisons que je ne réussisse pas à apprendre quelque chose.

Aujourd'hui, je suis loin de ces 10 000 heures de pratique en guitare, mais en jouant seulement quelques minutes par jour, je me rends compte de mes progrès.
Si c'était difficile au début, c'est aujourd'hui un réel plaisir dont j'ai du mal à me passer. C'est vraiment une chouette sensation de se rendre compte que ce qu'on pensait ne pas être notre truc peut le devenir, je te le recommande.

Faire une école d'art

« Quand je serai grande, je ferai une école d'art. »

J'ai affirmé cette phrase à environ toutes les personnes qui ont croisé la route de mon enfance, tout en leur présentant la statue de la Liberté miniature que j'avais fabriquée en papier Canson pour mon exposé sur New York.

Chaque centimètre de ma chambre était recouvert de mes œuvres : peintures, photos et sculptures en pâte à sel. Ma prof d'arts plastiques de collège était un demi-dieu à mes yeux et j'ai fabriqué mon propre costume de crocodile pour le spectacle de fin d'année de CM2.

Bref, une vraie artiste en herbe. Donc quand est arrivé le moment de choisir une orientation pour mes études supérieures, c'est tout naturellement que j'ai postulé dans... une fac de communication !

Ça n'a aucun rapport, je sais bien. J'ai choisi la voie de la sécurité, parce qu'il y a beaucoup de débouchés dans la communication et que j'aurai le choix ensuite, parce que tout le monde sait que l'art n'a aucun débouché, même avec toute la bonne volonté du monde. Enfin, c'est ce que j'ai découvert grâce à ma conseillère d'orientation. *J'ai donc laissé tomber ce rêve avant même d'essayer.*

Si on écoute les rumeurs, absolument chaque voie est trop dure, pas assez bien payée, pas accessible, sans débouchés, ou pas assez réputée. Il y a trop d'avocats, impossible de passer en deuxième année de médecine, les artistes sont condamnés à vivre en sarouel sous les ponts, les experts en marketing et communication vont travailler en chemise dans des open spaces et parler avec des mots que personne ne comprend comme SEO ou brainstorming. *Difficile de choisir une voie avec tous ces préjugés en tête.*

Même si les cours de com' à la fac semblaient être la voie qui me correspondait le mieux et celle qui me garantissait le plus de débouchés, avant même d'y aller je savais que ce n'était pas pour moi : j'ai complètement décroché au bout de 3 semaines. *J'ai donc commencé à penser « réorientation », moi qui pensais justement ne plus jamais avoir affaire à cet enfer, rebelote.* Me voilà à me demander ce que je vais faire pour le reste de ma vie, à remplir des dossiers à envoyer sur Parcoursup, toujours sans trop savoir quelles études pourraient me plaire. La réorientation post-bac est quelque chose que beaucoup de jeunes gens connaissent et qui est pourtant très dure, presque taboue. On pense s'être trompé·e, avoir « perdu une année », et surtout on subit la pression de ne plus avoir droit à l'erreur, sans pour autant avoir beaucoup plus d'idées de ce qu'on va faire de sa vie que quelques mois auparavant. Encore une fois, comme si ce n'était pas assez dur la première fois, il faut aller dans une nouvelle école, une nouvelle vie, parfois ville, une nouvelle formation, apprendre à se faire de nouveaux amis, annoncer ça aux parents.

Cette fois-ci, je me suis autorisée à choisir quelque chose qui m'avait toujours fait envie. Quitte à changer, autant ne pas refaire les mêmes erreurs que l'année d'avant. Je connaissais maintenant la frustration et la démotivation de me lever tous les jours pour aller suivre un cours pour lequel je n'avais aucun intérêt, donc ma décision était prise : plutôt ne jamais avoir de travail que m'ennuyer tous les jours de ma vie.

J'ai postulé dans toutes les écoles d'art de France, et coup de chance : j'ai été retenue dans l'une des meilleures, à Paris. Le rêve ! Une bâtisse qui ressemble trait pour trait à Poudlard, des profs renommés, des cours qui allaient du dessin à la 3D en passant par la calligraphie et l'animation sans oublier la vidéo et le son... *Toutes les conditions étaient réunies pour réaliser mon plus grand rêve, qui est finalement devenu mon pire cauchemar.*

Sur le papier, cette formation était celle où j'allais m'épanouir et trouver ma voie. La réalité était tout autre. À mon grand désarroi, la première année a été consacrée à peindre des dégradés de couleur sur des petits carrés et à la maîtrise du noble art du dessin d'éponge. *Oui, tu as bien lu : les éponges pour faire la vaisselle.* Tous les jours, pendant quatre mois, j'ai dû dessiner les trois mêmes éponges que je prenais dans mon propre évier d'assiettes sales le matin même.

Car, oui, chaque élève amenait les siennes, et les oublier revenait à une « absence » dans notre dossier. Cette pratique ne ressemble en rien à ce que j'avais imaginé de la vie d'artiste dans laquelle je me voyais évoluer.

Je ne sais pas si tu as déjà observé les milliers de petits trous qui parsèment une éponge mais les dessiner relevait de la torture. La prof m'avait d'ailleurs dit que les miennes ressemblaient à du roquefort avant de me mettre 7/20.

J'ai eu du mal à me remettre de cet épisode, me reprochant de ne pas savoir dessiner une éponge et me demandant ce qui n'allait pas chez moi. Nous sommes ensuite passé·e·s à l'étude documentaire des chaussettes puis des branches, sans que ma moyenne soit plus glorieuse.

En parallèle de ces piètres résultats scolaires, ma chaîne YouTube, elle, ne faisait que grandir et m'apportait de nouvelles opportunités. J'ai commencé à faire des vidéos quand j'étais au lycée et je m'y suis consacrée quasiment à plein temps quand j'ai décroché de mon année de fac, mais c'est quand j'ai commencé mes études à Paris que les choses sont devenues plus sérieuses. *Je rentrais de mes journées de cours et je commençais ma journée de travail : écriture, tournage, montage...* Je menais une double vie encore plus absurde que celle de Batman, ce qui m'a valu quelques situations cocasses.

Comme cette fois où j'ai foncé au ministère de l'Économie juste après mes cours pour une réunion importante avec l'équipe de communication pour un projet commun. Les cours de la journée portant sur la découpe, nous avions été prié·e·s de ramener tous les objets tranchants que nous possédions : cutter, ciseaux, scalpel...

J'avais aussi des bombes de peinture colorées qui traînaient là depuis la veille. Ce détail m'avait échappé, mais quand mon sac a sonné au portique de sécurité du ministère et que le vigile a demandé à le fouiller, j'ai compris que ça allait poser problème.

J'ai expliqué avec mon plus beau sourire que je n'avais pas l'intention de poignarder qui que ce soit et que j'avais besoin de mes cutters pour mon cours de découpe du lendemain matin, mais cette excuse est relativement peu crédible. J'ai finalement négocié pour laisser mon sac à l'entrée et revenir le chercher à la fin de mon rendez-vous, laissant ainsi mes bombes et cutters sains et saufs (ouf).

Au bout de quelques mois à ce rythme, j'avais trop d'absences en classe à cause de mes tournages et, dès que mes cours finissaient, je fonçais à différents rendez-vous, ce qui m'empêchait de me concentrer sur n'importe quel devoir ou travail en autonomie donné par l'école. J'essayais de tout faire en même temps et j'ai fini par être moyenne dans tous les domaines.

→ *Grâce à YouTube, j'étais indépendante financièrement et je travaillais pour quelque chose qui me passionnait, mais j'évoluais dans un domaine plutôt instable sur la durée.*

→ *Grâce à l'école, j'avais un cadre, peu de responsabilités, et un avenir à peu près garanti grâce à mon diplôme.*

Mes deux vies me prenaient beaucoup trop de temps chacune. Est arrivé le moment que je redoutais : le moment de choisir de continuer l'école ou YouTube à temps plein.

J'ai mis quelques mois à peser le pour et le contre. *C'était la première fois que j'avais une aussi grande décision à prendre, qui impliquait d'aussi grands changements.* Pour m'aider à la prendre, j'ai développé tout un tas de techniques, et je me suis dit qu'elles pourraient t'être utiles pour maintenant ou pour plus tard.

Bienvenue dans...

LE TUTO DES GRANDES (OU PETITES) DÉCISIONS

Étape 1

Faire la liste des POUR et des CONTRE : classique mais efficace.

Ma liste pour quitter l'école et me lancer dans YouTube à plein temps

POUR

- Je ne suis pas épanouie, c'est une corvée de me lever tous les jours ;
- Je sais que les études supérieures ne sont pas faites pour moi et que je ne travaillerai pas dans le domaine de mon diplôme de toute façon ;
- J'ai des économies pour vivre quelques mois si jamais ;
- Je sais ce que j'ai envie de faire et comment le faire et je gagne déjà de l'argent avec.

CONTRE

- Pas de revenus fixes et pas de promesses de revenus donc potentielle instabilité financière ;
- Pas de cadre de travail si j'arrête les études, peut-être que je ne ferai rien de mes journées ;
- Potentielles disputes avec mon entourage pour me justifier ;
- Regrets dans 5 ou 10 ans quand je n'aurai pas un « bagage » sur lequel me reposer ?

Pour moi, l'argument « je ne suis pas épanouie » est assez fort en soi. Mais j'en ai écrit une dizaine d'autres pour être sûre.

Maintenant que les faits sont posés, il est temps d'agir :

Étape 2

Prendre une décision et s'y tenir

Une fois que les pour et les contre ont été pesés, il est plus facile de prendre une décision selon leur nombre et leur importance pour nous. Il s'agit maintenant de prendre la décision. C'est dur je sais, mais il faut choisir maintenant, on ne peut pas rester le cul entre deux chaises pour toujours.

L'idée c'est d'être honnête avec soi-même pendant toute la durée du processus pour savoir ce dont on a vraiment envie.
Si notre décision est en phase avec nous-mêmes, on n'aura pas envie de revenir dessus et on aura beaucoup plus de facilité à tenir tête aux gens qui sont contre cette idée. Si on sait pourquoi on fait les choses, les doutes des autres ne viendront pas nous perturber.

On sait ce qu'on veut ou doit faire, et on le fait. La phase de réflexion est dépassée. Elle a peut-être pris des heures, des jours ou des mois, donc si elle est clôturée, on n'y revient pas.

Courage, ça va le faire !

Étape 3

Trouver des compromis

Peut-être qu'une fois ta décision prise, tu ne pourras pas l'appliquer instantanément. Peut-être que tu n'auras pas les moyens, les mots, les conditions requises pour mener à bien ton objectif. C'est OK ! **Seulement, il faut travailler à partir de maintenant dans le but de l'atteindre, et le plus rapidement sera le mieux !**

Et si tu peux le faire dès maintenant, fonce !

Maintenant, j'utilise cette technique pour toutes les décisions qui me turlupinent, et généralement rien que de faire la liste des contre me suffit pour savoir où je vais.

J'espère que ça te sera utile aussi !

Conseil Bonus

Quand j'ai peur ou que je suis indécise, je me demande toujours « qu'est-ce qui pourrait arriver de pire ? » et même si la réponse n'est pas toujours rassurante, elle a le mérite de faire prendre du recul immédiatement. L'avantage, c'est que la plupart du temps, il ne pourrait pas arriver grand-chose de pire.

Je suis finalement partie en milieu de deuxième année, après 6 mois de réflexion. J'ai été confrontée à la tempête de mises en garde, venant parfois de gens que je ne connaissais même pas : « Qu'est-ce que tu vas faire si ça ne marche pas ? », « Tu ne vas pas réussir à travailler toute seule », le classique « YouTubeuse c'est pas un métier », ou encore mon prof d'histoire de l'art qui m'a expliqué que « YouTube est en déclin et, dans 10 ans, tu devras reprendre les études car sans diplôme, on ne peut pas être embauché·e ». *Ces personnes qui ont failli me faire abandonner mes rêves à cause de leurs paroles (qu'ils pensaient m'être utiles ou rassurantes) me félicitent maintenant que ça marche bien pour moi.*

Cette prise de conscience m'a d'abord mise en colère, parce que c'est comme s'ils avaient oublié leurs mots qui ont provoqué tant de doutes dans mon esprit. Puis ça m'a appris à prendre des pincettes avec tous les conseils (demandés ou non) qu'on m'assène sans cesse : les gens parlent de ce qu'ils connaissent et surtout ils parlent avec leurs peurs. Ce n'est pas à moi de récupérer leurs angoisses, surtout si je crois en mon projet.

Et puis, au fond, même si ces paroles sont dures à entendre sur le moment, je sais qu'elles partent d'une bonne intention. Ce ne sont juste pas mes intentions à moi.

À mon avis, dans 10 ans, les priorités ne seront pas de savoir si j'ai eu mon diplôme d'art ou pas, mais plutôt de me demander comment survivre dans un monde qui s'effondre petit à petit. *LOL. Super l'ambiance.*

Dans une voie où je ne me sens pas à ma place, même si elle m'apporte une sécurité financière ou immobilière, je ne vois pas ce que ma frustration pourrait apporter au monde ou à qui que ce soit. Si la crise sanitaire liée au coronavirus nous a bien prouvé quelque chose, c'est que « la sécurité », ça n'existe pas. Toutes classes sociales confondues, le quotidien a été bouleversé. *Ce qui est vrai aujourd'hui ne le sera pas certainement demain, et c'est valable aussi pour ce qu'on appelle « la sécurité ».*

Malgré les doutes, la peur et les frustrations qui ont découlé de l'expérience « école d'art », je suis très heureuse d'être passée par là. D'avoir réussi à aller au bout de mon rêve d'enfant en allant dans une école d'art et de me rendre compte que c'était pas du tout ce qui me correspondait au final. Puis d'avoir eu le courage de me lancer dans une voie peut-être moins prometteuse aux yeux de mon entourage mais qui me correspondait vraiment, et dans laquelle je me sens à ma place et utile. C'est une expérience qui m'a permis de me demander ce dont j'avais vraiment envie et comment faire de ces envies mes priorités.

En plus de ça, j'ai appris à nuancer mes propos. Au début, je me disais que l'école, c'était nul, que les études supérieures étaient une mascarade et une perte de temps... Puis j'ai pris conscience que c'était surtout que ce système ne me correspondait pas : ce n'était pas « nul », simplement pas adapté pour moi. *On peut s'épanouir dans des études « classiques », avec ou sans débouché, mais aussi dans un chemin pas encore vraiment tracé : c'est OK.*

Cette expérience m'a appris des choses sur moi-même : réaliser ses rêves d'enfant, ce n'est pas toujours une chose incroyable. On peut être triste, frustré·e, avoir peur, être en colère... Mais c'est justement en se rendant compte de cela, en acceptant le décalage entre le rêve et la réalité, puis en choisissant d'aller vers d'autres pistes, d'autres envies qui nous correspondent plus, que l'on peut grandir.

Depuis un peu plus d'un an, je suis complètement épanouie dans mon travail et tous les doutes que j'avais avant de quitter l'école se sont dissipés.

(ça, c'est moi sur ma toute première vidéo)

Je suis heureuse d'avoir eu le courage de parier sur moi plutôt que sur des peurs des autres.

Le futur ne m'effraie plus et je le vois plus comme un grand terrain de jeu, et c'est bien la première fois que ça m'arrive. Et surtout depuis je peux me consacrer tranquillement à la réalisation du dernier rêve de ma liste...

Devenir YouTubeuse

Il y a tout de suite de l'étonnement sur le visage des gens qui me demandent ce que je fais dans la vie. Certains connaissent le terme de « YouTubeuse », la plupart ne savent pas trop de quoi il s'agit, mais tous sont curieux d'en savoir plus.

Pour moi, être YouTubeuse était le métier de mes rêves il y a 5 ans quand j'ai commencé à faire des vidéos, et ça l'est encore aujourd'hui et c'est devenu mon boulot à plein temps. Enfin ce n'est pas vraiment LE métier de mes rêves, puisqu'en réalité il en regroupe 10 différents, voire plus.

Je suis à la fois réalisatrice, actrice, scénariste, cadreuse, monteuse, mais aussi comptable, community manager, agente, auteure…

Je change tous les jours de casquette en fonction de mes envies et inspirations. C'est clairement ça qui me plaît le plus !

Pour moi, YouTube est un champ des possibles infini.

C'est un espace de création qui permet à des milliers de personnes d'exprimer leurs opinions et de partager leurs passions, et à des millions d'autres d'apprendre, de rire, d'être inspirées. Et moi la première ! En cumulé, j'ai dû passer des mois entiers de ma vie sur YouTube, j'y ai appris des tas de choses, j'ai découvert des modes, des artistes, des amis, des passions.

C'est surtout une plateforme grâce à laquelle j'ai eu plein d'opportunités et j'ai pu rencontrer beaucoup de gens, qui font parfois partie de mon cercle très proche. *Ce que j'aime le plus avec YouTube, c'est que l'expression « le monde est petit » y prend tout son sens.* Déjà parce que des milliers de créateurs aux quatre coins de la planète y parlent et montrent leur quotidien tous les jours, donc le monde entier paraît accessible. Et aussi parce que j'ai l'impression que tout le monde est accessible : une YouTubeuse de 20 ans peut faire une vidéo avec le président des États-Unis ; des créateurs de deux univers différents peuvent créer ensemble ; d'immenses stars peuvent collaborer d'égal à égal avec des petites chaînes. *C'est un pont entre les mondes de tout le monde.*

Bien sûr, comme dans tout et surtout sur Internet, il y a aussi du négatif. C'est important pour moi de te montrer que, même si j'ai le travail de mes rêves, qui me passionne et me rend heureuse chaque jour, il y a des hauts et des bas, des choses compliquées et des mauvaises journées. Parce que la perfection, ça n'existe pas et que c'est nul d'essayer de faire croire ça et de donner des attentes irréalisables aux gens. Ça décourage au premier obstacle venu, qui ne semble alors « pas normal ».

Donc c'est parti pour l'envers du décor de ce rêve d'enfant.

Si on prend un peu de recul, je parle d'une multinationale milliardaire qui exploite sans doute beaucoup de gens directement et indirectement, qui pollue à l'année plus qu'une ville de 800 000 habitants, qui crée une addiction à l'écran volontaire, qui nous fait nous comparer sans cesse aux autres et aux statistiques, qui censure la parole des femmes, qui nous gave de pub à longueur de vidéos, qui nous laisse à la merci des

algorithmes et qui vend nos informations privées pour un bon paquet d'argent aux services de renseignements. Bon. Déjà, c'est pas ouf. Et, concrètement dans mon quotidien, même si YouTube est le métier de mes rêves et que je n'ai jamais été aussi épanouie qu'aujourd'hui, il y a eu des phases plus que compliquées.

Une des premières questions qu'on me pose après « comment tu gagnes ta vie sur YouTube ? » c'est : « C'est pas trop dur de recevoir des commentaires négatifs ? » Parce qu'en plus de la plateforme en elle-même, ses usagers ne sont pas toujours très sympas, c'est vrai. Je me considère comme « chanceuse » parce qu'en 5 ans sur YouTube, je n'ai reçu que très peu de commentaires négatifs, et tellement d'amour intense au quotidien que ça noie complètement les remarques désobligeantes.

J'ai tout de même eu quelques « vagues de haine ».

Ce que j'entends par ce terme, c'est qu'en l'espace de quelques jours, j'ai reçu des centaines, voire des milliers de commentaires haineux. Ça m'est arrivé trois fois, à la suite d'une exposition importante de ma production ou à la suite d'un contenu posté qui n'a pas plu à l'audience. C'est quelque chose de très difficile à vivre car, dans la « vraie vie », tout va bien et sur Internet tu as l'impression que tout le monde te hait pour des choses qui sont souvent indépendantes de ta volonté. *Le contraste est bizarre à gérer.* Ça attaque de tous les côtés : des insultes de toute sorte, des remarques sur le physique, la personnalité, l'entourage. Des menaces de viol ou de mort ou autres charmantes activités. Dans le jargon, on appelle cela le cyberharcèlement et, dans certains cas, il s'agit de « cancel culture ».

Cyberharcèlement :
c'est un acte agressif, intentionnel, perpétré par un individu ou un groupe d'individus au moyen de formes de communication électroniques, de façon répétée, à l'encontre d'une victime qui ne peut pas facilement se défendre seule.

Cancel culture :
c'est une pratique née aux États-Unis consistant à dénoncer publiquement, en vue de leur ostracisation, des individus, groupes ou institutions responsables d'actions, comportements ou propos perçus comme problématiques.

Quand j'ai commencé à faire des vidéos à 15 ans, je m'étais préparée à ce genre d'éventualité et, pourtant, ça reste surprenant et difficile à vivre. Mais être sur YouTube m'apportait tellement de kif que ça ne m'a pas du tout arrêtée. Je savais dès le début que ça allait devenir mon métier et que ce serait une aventure que j'allais adorer, donc ce n'est pas les messages bourrés d'insultes de quelques péquenots que je ne connais même pas qui allaient m'empêcher de faire ça.

J'ai eu de la chance que ça n'ait pas eu de répercussions sur ma santé mentale ou mon envie de faire des choses ; ma confiance en moi en a pris un coup, mais elle a su vite oublier la plupart de cette haine.

Mais ce genre d'actes est grave et peut faire beaucoup de dégâts chez une personne, d'autant plus si elle est jeune. Pour finir sur le négatif (après j'arrête, promis), j'ai découvert que quand il s'agit de business, beaucoup de personnes malveillantes traînent dans les parages. Notamment quand une notion de « célébrité » entre en jeu. Mes premières déceptions professionnelles ont été particulièrement douloureuses mais aussi très formatrices.

Par exemple, il m'est arrivé plusieurs fois que des personnes « du métier » se présentent à moi comme des agents, des amis, des mentors... puis au bout de quelques semaines ou quelques mois changent complètement de comportement, me laissent tomber après m'avoir promis monts et merveilles. Ou bien je me suis juste rendu compte que les intentions derrière leurs belles paroles ne sont pas très claires.

Moi qui suis quelqu'un d'un peu naïf à la base, j'ai vite abandonné ce trait de personnalité après ces grandes claques.

Je parlais de tout ça avec Swann, que je considère comme ma sœur, mais aussi comme mon mentor, taxi, hôtel, psy à temps partiel. Elle est YouTubeuse et humoriste, et évolue depuis quelques années de plus que moi dans ce milieu. Malgré nos 10 ans d'écart, on a à peu près la même vie et on partage quasiment tout, notamment les échecs et les déceptions de l'une et de l'autre. Un jour, elle m'a raconté sa pire déception professionnelle.

> *« Ça faisait 4 ans que le stand-up ça marchait pas trop, les gens rigolaient mais je perçais pas. Financièrement c'était compliqué, émotionnellement c'était compliqué, et cette productrice était arrivée dans ma vie. Elle m'avait convaincue de réécrire mon spectacle, elle m'avait programmée pendant un an dans son théâtre, on avait prévu un an ensemble à réécrire, retravailler, persévérer.*

SWANN

> *Puis je me suis pris un énorme bide en première partie d'Anne Roumanoff,
> et elle m'a dit de partir, que finalement, ça n'allait pas le faire.*
>
> *J'avais mon papa au téléphone qui me demandait si ça allait. Il était gêné parce que c'était trop violent pour mon âge. J'ai dit « professionnellement, je suis pas inquiète, mais humainement je ne vois pas comment je pourrai refaire confiance ». Je voulais m'enfermer dans une boîte et l'entourer de chaînes et de grilles, pour que personne ne puisse jamais l'ouvrir. Je venais de me prendre une énorme claque dans la gueule et pourtant j'étais froide. J'avais une boule glacée dans le ventre mais je n'avais pas envie de pleurer, ni de me battre. C'était peut-être la première fois de ma vie que j'étais découragée pour de vrai.*
>
> *Je savais que j'allais reprendre la vie, parce qu'il le fallait bien, avec juste un peu moins d'espoir, un peu moins de flamme, un peu moins d'émerveillement.*
>
> *Pour la première fois de ma vie, je n'avais plus envie, et plus d'énergie. J'ai décidé d'arrêter d'être humoriste. 10 ans plus tard je suis... humoriste, haha. À croire que j'ai appris à retrouver l'envie en acceptant que, parfois, on puisse être très déçu·e... »*

C'est un aspect de cette vie que je n'imaginais pas quand j'ai commencé à 15 ans, pour moi tout le monde était tout beau et tout gentil, et, pourtant, des personnes malveillantes ou toxiques se cachent partout. ***C'est dur à encaisser mais ça fait partie de la vie.***

Ça m'a appris à arrêter de chercher la validation des autres.

Bien sûr que c'est chouette d'avoir des gens qui y croient autour, mais c'est à toi d'y croire le plus. Quand j'ai quitté l'école, je ne savais plus à qui me référer car je n'avais plus de profs et je ne vivais plus chez mes parents. Je n'avais plus personne pour me donner la validation dont je pensais avoir besoin. Donc j'ai commencé à chercher ce que j'appelle des « sauveurs », des gens à qui je pourrais donner toute ma confiance et mes attentes, et qui pourraient me guider dans la vie. J'avais besoin de ça parce que je ne me sentais pas légitime, et qu'on ne m'avait jamais fait comprendre que je l'étais, parce que j'étais une femme, trop jeune, trop inexpérimentée, et j'en passe. Je pensais que je ne pouvais pas réussir seule et que j'avais forcément besoin que quelqu'un de plus expérimenté me prenne sous son aile et m'aide. *Sauf que ça n'existe pas les sauveurs. C'est moi mon sauveur.* Et c'est toi ton sauveur aussi.

Je me suis rendu compte en commençant à en parler autour de moi que tout le monde s'était retrouvé plusieurs fois dans des situations comme celle-ci. *Qu'importe le domaine, il y aura des choses qui ne font pas rêver dans le rêve.* Là où je veux en venir, c'est qu'on est nous-mêmes notre plus grand allié. Croire en soi, c'est arriver où on a envie d'arriver. Je repense à mes premières vidéos, j'en étais si fière que j'arrivais tous les lundis au lycée en demandant à tout le monde s'ils avaient vu la vidéo que j'avais publiée dimanche et s'ils s'étaient abonnés à ma chaîne.

Je me revois demander à mes profs si je pouvais parler de mes vidéos à la classe à la fin du cours. *Quand je repense à cette petite Louanne d'il y a 5 ans qui y croyait si fort, je suis touchée.* Je me demande d'où je sortais toute cette confiance insolente, car, tu peux aller vérifier par toi-même, mes premières vidéos n'étaient pas d'une si grande qualité que ça. Mais j'y ai cru assez pour tous ceux et toutes celles qui ne le faisaient pas. Croyez-y, ça va prendre du temps, ça va être des galères, des frustrations et des colères, mais aussi un chemin merveilleux. *Crois en toi, c'est le meilleur cadeau que tu puisses te faire.*

J'ai vraiment l'impression d'avoir livré mon âme dans cette partie, j'ai tout raconté. Je t'ai parlé de tous les rêves que j'ai déjà réalisés mais j'en ai encore beaucoup à cocher. Le premier de la liste étant évidemment d'aller voir Justin Bieber en concert, faire le tour du monde en train, créer un atelier plein de jeunes artistes qui m'inspirent pour créer des vidéos et toutes sortes d'arts, maîtriser le surf, voir une éruption volcanique, créer une marque de pyjama et de ukulélés assortis, continuer de faire des vidéos que j'aime.

Et faire tout ça avec des gens que j'aime

(et qui me font rire aussi c'est mieux)

Maintenant, à toi !

C'est quoi tes rêves d'enfant ?

Et tes rêves de maintenant ?

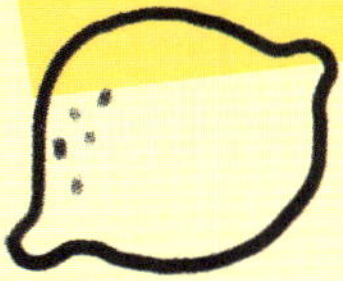

Qu'est-ce que tu as réalisé, et qu'est-ce que tu es en train de réaliser ?

troisième partie

KIT DE SURVIE POUR LE MONDE ADULTE

(OU POUR LE MONDE TOUT COURT)

Indulgence et empathie sont tes meilleures amies

Quand j'ai commencé à comprendre que mes parents n'étaient pas parfaits, et n'avaient pas toujours raison sur tout, j'étais un peu sonnée. Et quand j'ai compris que c'était pareil pour tout le monde, pour tous les humains que je croiserais jamais dans ma vie, ça m'a paniquée mais aussi enlevé pas mal de pression : *je n'ai pas à être parfaite, j'ai le droit d'avoir tort et de me planter et c'est OK, c'est pas la honte.*

C'est une prise de conscience qui m'a permis d'apprendre à être indulgente avec moi et les autres, et à toujours essayer de me mettre à la place des autres pour mieux comprendre « pourquoi ». Les gens ont toujours une raison de se comporter comme ils le font, de façon positive ou négative. Que ce soit le stress, une mauvaise nouvelle, l'envie de plaire, un vieux trauma, l'éducation, une inspiration… Tout le monde traîne quelque chose derrière lui qui va faire qu'il agit comme il le fait.

Comprendre le contexte, ça amène à comprendre les gens et à s'identifier à eux. Même si on n'est pas d'accord, on comprend pourquoi. Ça t'épargnera de la colère, tu gagneras de l'énergie et éviteras les conflits inutiles ; tu prendras du recul immédiat sur la situation. On ne peut pas aimer sans accepter les défauts des autres et les siens.

Mais, attention ! Comprendre ne veut pas dire subir quelque chose qui nous met mal à l'aise. C'est tout à fait correct, et même vivement recommandé, de se couper un certain temps ou définitivement des personnes ou des relations toxiques pour soi. C'est à toi de décider si une relation ne te fait pas du bien. Et ça vaut pour tous les domaines de la vie : au travail, à l'école, en privé, en virtuel... Se couper ne veut pas forcément dire bloquer sur les réseaux et disparaître à tout jamais (même si c'est une possibilité), ça veut aussi dire prendre des distances ou se couper émotionnellement d'une personne sans pour autant changer son comportement. Tu n'as pas à te justifier, sauf si tu en ressens le besoin ou si la personne en face te questionne (dans ce cas ça peut être une ouverture au dialogue et à la remise en question, on grandit et on arrange). *Dans tous les cas, prends soin de toi d'abord.*

Prends conscience que c'est peut-être toi qui es toxique aussi. Ça m'est arrivé, et ça m'arrivera sans doute encore, d'être toxique pour mon entourage parce que je n'étais pas en accord avec moi-même, je rabaissais les autres pour me sentir mieux. Le tout, c'est de s'en rendre compte vite et de prendre des mesures pour corriger ça.

Au début, j'étais frustrée de me rendre compte que les adultes n'avaient pas toujours raison, parce que c'est ce qu'on m'a appris toute mon enfance, donc c'est difficile d'aller au-delà de ça. Et surtout, j'étais frustrée et en colère qu'on m'ait fait croire ça. Que je devais écouter, que je devais savoir, que je devais être comme ci ou comme ça. Toutes ces années à faire confiance à des gens qui n'en savaient rien, pour finalement tout déconstruire pour apprendre à m'écouter moi.

Puis, avec un peu de recul, ça me rassure plus que ça ne me frustre : je n'ai pas besoin de chercher la réponse puisqu'il n'existe pas une réponse, et surtout c'est à moi de trouver les réponses qu'il me faut. C'est plus de responsabilités mais aussi beaucoup plus de libertés.

Personne n'est adulte (ni ne sait ce qu'il fait)

Dans l'imaginaire collectif, ou en tout cas dans le mien, un adulte c'est quelqu'un qui sait ce qu'il fait. C'est quelqu'un qui a trouvé sa voie et les réponses aux questions de la vie, qui ne fait plus de bêtises et qui est enfin serein avec l'existence. Quelqu'un qui ne se pose plus de questions.

Selon cette définition, c'est donc plutôt rare de croiser un adulte !

Je me suis rendu compte en observant et en posant des questions autour de moi qu'un adulte ça n'existe pas plus que quelqu'un qui sait ce qu'il fait dans la vie. À 30, 50 ou 70 ans, personne ne sait ce qu'il fait ou ce qu'il va faire. Même si on a des hypothèses, on se convainc de certaines choses, on essaie de prévoir. Mais on ne sait pas ce qui peut arriver, la crise de la covid nous le montre bien encore aujourd'hui.

J'ai eu l'occasion d'échanger sur ce sujet avec madame Schauer, qui était ma prof de philosophie en terminale. Je pense qu'on a tou·te·s en tête CE ou CETTE prof qui a changé notre vie. Qui nous a encouragé·e·s à suivre nos envies, qui nous a transmis sa passion pour une matière qu'on détestait, qui nous a fait rire. Pour moi, une de ces profs est madame Schauer.

La philo, c'était mon moment préféré de la semaine parce que ça me faisait réaliser que mes questions étaient déjà là avant moi, et qu'elles remontent pour certaines à l'Antiquité.

Pendant le cours de philo, je me sentais moins seule. Elle m'a appris à analyser, à avoir un discours nuancé, elle m'a appris l'empathie, et à prendre du recul sur mes questions, et plein de références philosophiques qui m'ont ouvert l'esprit, qui sont des enseignements qui m'aident quotidiennement aujourd'hui.

Quand je lui ai parlé de la problématique de ce livre, elle m'a tout de suite répondu :

> *« Pour moi cette idée d'"être adulte", ça ne va pas du tout, du tout, du tout. C'est très bizarre, ça n'existe pas. "Être adulte", c'est comme si on n'était plus enfant ou plus adolescent et ça, pour moi, c'est du grand n'importe quoi. On ne peut pas "être" puisqu'on est toujours en devenir. »*

Puis, comme si j'étais de retour au premier rang de son cours, elle m'a donné des tas de références philosophiques que je me suis empressée de noter.

« Je vous propose la théorie du philosophe Bergson qui avait une idée du temps continu (contrairement à discontinu) ; il l'expliquait en prenant l'exemple d'une boule de neige.

Le tout premier flocon, en haut de la côte, va s'agglutiner à plusieurs flocons ; ça fait une petite boule et ainsi de suite, ça grossit tout le temps. Mais le premier flocon ne se perd pas, il est toujours là, même noyé parmi des centaines d'autres.

On peut interpréter la théorie ainsi : chaque flocon représente une expérience qui nourrit une boule, qui lui permet de devenir solide, de grandir et de se développer.

La Louanne en primaire, la Louanne du collège ou la Louanne qui passe son bac, elle est là quelque part avec vous. Ces petites Louanne existent et sont en connexion avec votre Louanne d'aujourd'hui.

"Être adulte", c'est devenir et je ne sais même pas si on peut mettre quelque chose derrière à part un point d'interrogation. »

Ce discours m'a surprise de la part de quelqu'un qui, théoriquement, nous apprend à devenir adultes. Puis je l'ai ensuite trouvé très rassurant, parce que si on part sur cette idée, ça fait un peu de pression en moins. Peut-être qu'on peut juste passer les étapes qu'on veut, dans l'ordre qu'on veut. Cette course à cocher les cases avant un certain âge est épuisante et j'aime bien cette idée que la vie est une série d'expérimentations, quelles qu'elles soient ou quel que soit leur ordre. *Soyons des boules de neige.*

La vie n'est pas du tout un long fleuve tranquille

Tu vas te faire chier, tu vas perdre du temps, tu vas avoir le cœur brisé, tu vas être seul·e, tu vas te disputer avec les gens que tu aimes, tu vas échouer. Je crois que les choses arrivent pour une raison et que chaque expérience t'apprend et t'apporte quelque chose pour la suite. Mais, parfois, c'est juste chiant et c'est tout.

Je parlais de ça avec Jeanne :

« J'attribue au fait de grandir une grande sérénité. Pour moi, c'est plus quelque chose vers quoi tendre, un idéal qui se travaille année après année, et qui s'installe progressivement en nous. Quand je vois les vieilles personnes, je trouve qu'il se dégage toujours d'elles une sorte de calme, une philosophie du quotidien. Prendre de l'âge nous permet simplement d'être de plus en plus confiant·e·s, tranquilles grâce aux expériences, bonnes ou mauvaises, qu'on a pu avoir. »

JEANNE

Les bouddhistes parlent de « la dukkha », qui est un important concept dans l'hindouisme. *Il désigne la douleur d'exister : la souffrance, la douleur, la peine sous toutes ses formes.* Exister, c'est souffrir et souffrir, c'est exister. C'est un lien qui nous relie tou·te·s les un·e·s aux autres, qu'importe l'origine ou la classe sociale car la souffrance est connue de tous les humains.

Pour Bouddha, il n'y a pas grand-chose que nous puissions faire pour arriver à la cessation de la souffrance. Parce qu'on ne peut pas la faire disparaître. Nous ne pouvons pas attraper cette peine, cette douleur, la mettre dans un filet et la jeter au loin. Néanmoins, nous pouvons arrêter de l'alimenter. Pour ça, il suffit d'arrêter ce qui en est la cause. *C'est comme pour un feu : si nous cherchons à l'éteindre, nous devons arrêter ce qui est responsable de la présence du feu.*

Et avant même d'essayer de faire cesser la souffrance, je pense qu'il faut l'écouter. Pour moi, les émotions négatives sont des petits guides vers ce qui nous correspond vraiment. En écoutant nos frustrations nous dire ce qui ne nous plaît pas, on se fraye un chemin vers ce qui nous plaît, vers notre vrai nous. Par exemple, quand j'étais plus jeune, je rêvais de faire du cinéma. Je voulais créer des films, apprendre à cadrer, écrire des scénarios. J'ai étudié le cinéma pendant 2 ans quand j'étais au lycée, et je me suis rendu compte que ça ne me plaisait pas, c'était même la matière que j'aimais le moins. Et c'était surprenant de découvrir ça parce que ça faisait 10 ans que je répétais à qui voulait l'entendre que je voulais faire du cinéma.

(bon, OK, y av
peut-être les mat
aussi !)

Puis j'ai décortiqué un peu tout ça pour comprendre pourquoi, et j'ai compris que ce qui me plaisait dans le cinéma c'était juste sa base : la vidéo.

J'avais envie de raconter mes histoires et de les filmer, mais sans équipe, sans protocole, sans budget. Alors, j'ai cherché un moyen de faire des vidéos toute seule et j'ai commencé à les publier sur YouTube, comme un peu mon petit cinéma à moi.

La frustration que je ressentais en cours m'a fait comprendre que je n'aimais pas le travail en équipe et que j'avais juste envie de filmer sur le moment et pas de faire de beaux plans avec des grosses caméras, et elle m'a aidée à trouver exactement ce que j'avais envie de faire. *Et je pense que ce n'est qu'en partant du négatif, et en se demandant « pourquoi » ça ne va pas, que le positif peut naître.*

En essayant d'éliminer les chutes, on se prive de savoir marcher un jour. En essayant d'éliminer mes émotions dites « négatives », je me prive de ce qu'elles pourraient me faire ressentir de positif plus tard. Si elles sont là, c'est pour une raison, nos douleurs et nos frustrations sont un très bon indicateur pour nous dire ce qui nous correspond ou pas.

Écoutons nos frustrations, ça nous permettra, ironiquement, de devenir moins frustré·e·s. Et laissons-nous échouer, ça nous permettra de moins nous planter plus tard.

Cultivons l'art du « fail »

Est-ce que tu savais que, pour apprendre à marcher, un bébé tombe environ 2 000 fois ? 2 000 échecs, c'est beaucoup. Et pourtant la grande majorité d'entre nous se relèvent et y arrivent, on a tou·te·s déjà quelques centaines ou quelques milliers d'échecs au compteur. Un de plus, un de moins, ça ne fait pas une grande différence. On est obligé·e de tester des choses et de se planter pour apprendre, on ne peut pas connaître avant d'avoir essayé.

Depuis ce constat, j'ai décidé d'entretenir ce que j'appelle « l'art du fail ». Le fail, en anglais, prononcé « féyle », c'est l'échec, l'espoir écrasé en bouillie. *Et plutôt que d'essayer de « ne pas chuter », j'embrasse ces chutes.*

La vie est un fail constant, et tout le monde essaie de montrer le meilleur de lui-même (surtout sur Instagram). Sauf qu'on est vraiment rarement le meilleur de nous-mêmes et c'est épuisant de faire genre qu'on vit notre meilleure vie tous les jours.

La vie est souvent à chier… mais c'est ça qui la rend extraordinaire. Et c'est ça qui nous fait apprécier les moments pas à chier. Si tout se passait bien tout le temps, on n'aurait rien à se raconter, et on aurait rien de drôle à dire. Le nul et l'échec, qui font rire, qui donnent de l'action dans la vie, c'est ce qui fait qu'on ne s'ennuie pas.

Il n'y a aucun humoriste qui ne parle pas de ses échecs. Écrire un sketch, c'est chercher l'angle de ton échec qui va le rendre drôle, plus la situation est dramatique, plus le potentiel comique est grand. Pourquoi ? Parce que c'est le négatif qui est drôle, c'est ce à quoi les gens s'identifient. Personne n'est heureux à 100 % et tout le monde connaît les moments plus ou moins nuls de la vie. Le stand-up, c'est dédramatiser ces moments-là par des blagues. *Faire rire, c'est prendre du recul sur une situation nulle qui nous arrive.* Quand tout va bien, quand il n'y a que des choses bien qui se passent, on n'a rien à raconter.

Et ça me rend dingue qu'on nous vende une idée de la vie, positive, successful, enlever les idées négatives et les coups durs comme but ultime. *Non ! Ça n'existe pas cette vie, chez personne.* Moi, je rame tout le temps, je me saoule moi-même, je m'en veux, je dis n'importe quoi, mon rapport aux autres est compliqué, je sais pas communiquer. Au même titre que parfois je m'adore, je me fais rire, mes relations sont fluides. Ça compose la vie, en fait. C'est 50-50. Parfois c'est 80-20. Pourquoi faire comme si cette énorme partie de la vie n'existait pas ? Ça ne peut que créer des frustrations et des envies irréalisables.

L'art du fail, c'est donc d'embrasser tout ça plutôt que d'essayer de le cacher. C'est bouder quand on en a envie, c'est poster des photos même si elles sont moches, c'est accepter de ne pas être au top et accepter que les autres ne le soient pas non plus, et rire de tout ça. Parce qu'en vrai, *on s'en fout d'être au top,* les personnages les plus attachants dans une série sont ceux qui sont le plus dépassés par la vie et eux-mêmes. Soyons ces personnages.

Et surtout je trouve que c'est très important (si ce n'est le plus important) de montrer les coulisses. Que ce soit les coulisses de la vie en général, d'un spectacle, d'une photo parfaite sur Instagram... *L'envers du décor est beaucoup moins glamour que ce qu'on nous montre sur les réseaux*, et ça dans tous les domaines de la vie. Je mets un point d'honneur à faire ça à travers le contenu que je partage sur les réseaux.

Par exemple, pendant les quelques mois d'écriture de ce livre, je me suis filmée dans mes hauts et mes bas (surtout mes bas !) pour montrer ce que ça a vraiment été d'écrire tout ça. Mon but n'est pas de montrer le produit fini mais *tout le chemin pour y arriver* parce que c'est en s'identifiant aux échecs et en comprenant les étapes que les gens vont avoir envie de se lancer, l'objectif c'est de ne pas créer de complexes.

Tu peux retrouver la vidéo de tout ce processus sur ma chaîne !

Je suis un jour tombée sur un discours donné par Jim Carrey à l'occasion de la remise des diplômes de la Maharishi University of Management, en 2014. Pendant 26 minutes, il raconte à 285 jeunes diplômés comment il a trouvé ses objectifs, ses envies et ses valeurs dans la vie. 26 minutes que je trouve diablement inspirantes, tant par le fond auquel je m'identifie que par la forme humoristique et un peu perchée. Je te laisserai te faire ton propre avis sur cette vidéo en allant la chercher sur YouTube, mais j'avais envie de développer une citation qui m'a particulièrement marquée.

JIM CARREY

> *« You can fail at what you don't want, so you might as well take a chance on doing what you love. »*

Soit littéralement :

« Tu peux échouer en faisant quelque chose dont tu n'as pas envie, donc autant prendre le risque de faire ce que tu aimes. »

Cette phrase a particulièrement résonné en moi parce qu'au moment où je l'ai entendue, *j'étais moi-même dans un chemin de « sécurité »* : quelque chose qui ne me plaisait pas vraiment, mais qui, aux yeux de la société, allait m'apporter travail stable et statut social indispensables à une vie épanouie. Sauf que pas vraiment en réalité. Et surtout, en continuant dans une voie qui ne m'épanouit pas et ne me donne pas envie de me dépasser, déjà je m'engage dans une vie assez ennuyeuse, voire malheureuse, mais en plus je m'expose à l'échec de mon plan B.

Échouer à quelque chose que je ne voulais même pas à la base, c'est un plan qui me donne très peu envie. Même si on échoue dans ce qu'on avait envie de faire, je trouve que c'est quand même une plus grande réussite de s'être donné sa chance.

Il n'est jamais trop tard pour tenter ton plan A ou pour échouer. À 20 ans ou à 50 ans, il n'y a pas de temps perdu, il n'y a pas d'années de perdues. Les métiers de demain n'existent même pas, et dans le monde actuel, on va passer par tellement de voies différentes qu'il faut savoir s'adapter. Se réorienter par exemple, c'est une pression énorme et on a l'impression d'être un échec de la société. Mais faire plusieurs formations assez tôt nous donne de l'expérience pour rebondir, pour changer : on a appris qu'on a de la ressource.

Être adulte, c'est un terme qui veut dire croire : c'est prendre conscience de cette souplesse. La plus grande qualité de l'être humain, c'est son adaptabilité, profitons-en !

Aie confiance en toi bordel !

Je me suis rendu compte assez vite dans la vie que je ne correspondais pas vraiment aux critères de beauté et de bienséance qu'on voyait un peu partout. Je suis très maladroite, parfois colérique, je fais des gaffes tout le temps, j'ai un style vestimentaire approximatif, des cheveux en feu d'artifice, des lunettes, des goûts bizarres (j'adore regarder des vidéos de points noirs qu'on éclate sur YouTube par exemple). J'ai toujours été la meuf un peu ermite, qui rit fort et qui fabrique des sculptures en papier cartonné.

Et, plus j'avance, plus je me rends compte à quel point la confiance qu'on a en nous-mêmes, c'est un peu la clé qui va nous permettre d'aller vers ce qui nous correspond pour de vrai. C'est ce qui nous aide à surmonter nos peurs et à vivre des moments intenses. *Ce n'est pas vraiment une compétence qu'on peut cocher un jour, ça se travaille tout le temps.*

Plus que la quête de mon avenir, d'un métier ou d'un salaire, l'âge adulte pour moi c'est la quête de la confiance en moi, ou la quête du moi tout court. Ce manque de confiance s'est matérialisé à travers des complexes pendant des années. J'ai perdu tellement de temps à complexer sur toutes les parties de mon corps et de ma personnalité. C'est un temps que je ne retrouverai jamais, mais que je peux arrêter de perdre à présent. Et toi aussi !

Les complexes et moi, c'est une grande histoire, qui commence très tôt. J'ai complexé sur à peu près tout ce qui était possible : du physique à la personnalité, je me suis détestée de la tête aux pieds. Mes cheveux en premier lieu, qui, comme je l'ai déjà dit, m'ont valu des surnoms de « mouton » ou de « Jack Sparrow » pendant quelques années, que j'ai tenté de cacher par tous les moyens, à coups de gel ou de lisseur. Je me trouvais trop impulsive, maladroite, émotive ; j'estimais mes cuisses bien trop grosses pour le reste de mon corps, surtout quand elles ont osé faire apparaître des vergetures ; je trouvais mes mollets disproportionnés, mon nez bien trop gros, mon cou bien trop long, mes oreilles bien trop petites, mes poils, mes bras, mes pieds... et j'en passe.

Pour te repérer un peu dans tout ça, tu trouveras ci-dessous une « carte » de mes complexes qui se sont développés au fil des ans.

Chacun d'entre eux a été déclenché par quelqu'un, ou par les normes de la société du moment, qui m'ont dit que ce n'était pas normal ou pas beau ou pas bien, souvent « pour une fille ». Quand je repense au fait que j'ai complexé des années sur mes mollets, j'ai envie de retourner dans le passé et de m'ordonner d'arrêter sur-le-champ. Des MOLLETS ! C'est juste de gros bouts de peau derrière les jambes que je ne vois même pas. Puis mes OREILLES ! Des bouts de peau recroquevillés sur le côté de ma tête, que je ne vois pas non plus. Et puis tout le monde a les mêmes bouts de peau recroquevillés sur le côté de la tête, ça n'a pas de sens de complexer là-dessus.

Mais ce qui est pratique avec les complexes physiques, c'est que ça finit par s'atténuer voire par disparaître au bout d'un temps. Le corps change, notre regard dessus aussi, et surtout le regard de la société. Ces dernières années, la libération du corps des femmes a été un soulagement pour beaucoup, moi y compris. À tel point qu'aujourd'hui je ne pense même plus à tous ces complexes qui me gâchaient la vie à mon entrée dans l'adolescence. *Les modèles féminins se multiplient et sont tous plus différents les uns que les autres.* Chaque fille, chaque femme peut maintenant s'identifier à une autre qui lui ressemble et s'en inspirer, et peut, de plus en plus, faire ce qui lui chante de son corps. Aujourd'hui, la beauté est reconnue chez toutes et tous, et non plus dans un seul modèle impossible à atteindre.

J'en veux à la société de m'avoir imposé pendant si longtemps ces complexes et cette comparaison constante qui n'ont mené qu'à une perte de temps, et je suis heureuse de voir qu'on prend le contre-pied de tout ça aujourd'hui.

Ça fait un bien fou !

Je te soumets la sagesse d'Eros, qui m'a déclaré :

EROS

> *« Je pense qu'on ne peut pas parler de devenir adulte sans parler de tomber amoureux. Mais tomber amoureux de soi-même, parce que ça met du temps.*
>
> *Apprendre à t'aimer et aussi apprendre à ce que les autres t'aiment, c'est un processus difficile qui passe forcément par de grands bonheurs comme des grandes souffrances. »*

Pour moi, être adulte c'est avoir atteint assez de confiance en soi pour se demander ce qui nous correspond vraiment. *C'est s'éplucher comme un oignon pour trouver son centre.*

Encore aujourd'hui, je me surprends parfois à me détester. Je dis des choses horribles sur moi, que je ne dirais jamais à quelqu'un d'autre, et je me rends compte à quel point c'est négatif, que c'était enfoui là tout ce temps. C'est un travail à plein temps que de s'aimer et c'est normal d'avoir des rechutes parfois, mais il faut redoubler d'efforts ensuite pour nous donner encore plus d'amour à nous-mêmes !

Mais en écrivant ce livre et en prenant du recul sur mes expériences, j'ai pris conscience du chemin parcouru en matière de confiance en moi. Aujourd'hui, je ne pense même plus à mes complexes, je ne réfléchis plus mille ans avant de faire quelque chose ou d'entamer la conversation avec quelqu'un (sauf quand je répète ma phrase quand je dois appeler le dentiste pour prendre rendez-vous).

En plus du temps et de l'indulgence, mon remède ultime aux complexes a été la flemme.

Un jour, j'en ai eu marre de me lever 20 minutes plus tôt le matin pour chercher les vêtements parfaits de mon armoire qui cacheraient le mieux mes cuisses et mes bras. Un jour, j'en ai eu marre d'essayer de me lisser les cheveux pendant des plombes alors que je sais très bien qu'au bout d'une heure toutes les bouclettes seront de retour. Un jour, j'en ai eu marre de tartiner mes cuisses de crème « anti-vergetures » alors que clairement, ça ne changeait rien. Bref, un jour, j'en ai eu marre de perdre mon temps et mon énergie pour quelque chose que je ne pourrais jamais changer.

J'étais fatiguée de continuer à me détester alors que c'est bien moins épuisant de m'aimer.

Affirme tes opinions

Le premier pas vers la confiance en moi, ça a été d'affirmer mes opinions. Oser contredire quand je ne suis pas d'accord, assumer mes goûts, être capable d'appeler le médecin sans avoir la voix qui tremble, parler de moi en bien, marcher dans la rue sans être persuadée que tout le monde me regarde et me trouve nulle, prendre des décisions et m'y tenir... Ce sont autant de choses dont j'étais incapable il y a encore quelques années.

Pour participer à des débats et trouver mon opinion et mes envies, *il a fallu que j'apprenne à mettre tout le monde sur un pied d'égalité.* J'avais tendance à être facilement impressionnée par les gens sûrs d'eux, à croire tout ce qu'on pouvait me dire et à mettre les gens que j'admire sur un piédestal. Puis j'en ai rencontré quelques-uns et je me suis rendu compte que c'était juste des humains normaux, avec leurs doutes, leurs erreurs, leurs névroses et que je n'avais d'autres choix que de les considérer comme des égaux, peu importe leur statut.

J'ai aussi eu besoin d'apprendre à me construire ma propre opinion, en déconstruisant mes clichés et croyances.

Je vois cette déconstruction comme un artichaut qu'il faut éplucher couche par couche, pour trouver le cœur. Chaque feuille comporte quelque chose d'intéressant mais la plupart sont indigestes et à jeter. Et une fois nourri·e·s de toutes ces petites bouchées bonnes, on arrive au cœur, à ce qui est pur en nous. Pour ça, il est important d'avoir plein d'avis différents sur la même question. Ça offre un point d'observation globale grâce auquel on pioche les idées qui nous plaisent et nous correspondent. Les cours de philo en terminale m'ont été d'une grande aide pour apprendre à remettre en question ce que j'entends et à prendre du recul sur une situation.

Une fois par semaine, madame Schauer (voir page 86) nous donnait une dissertation. Cette méthode, qui consiste à développer et exposer méthodiquement des arguments dans le but de répondre à une question, ne nécessite pas seulement de développer son propre avis et donc de se poser des questions sur une problématique qui ne nous touche pas forcément. Mais cela demande aussi de développer l'avis opposé pour ainsi trouver des pistes de réponses le plus neutres possible, en appuyant nos arguments et exemples sur des références philosophiques déjà existantes, pour ouvrir encore plus notre opinion.

Apprendre à prendre du recul et réfléchir sur des questions qui parfois ne me touchent même pas a été un enseignement très précieux. Ainsi, dans chaque débat, je suis capable de me mettre à la place de l'autre et de mieux comprendre les arguments et réactions.

Puis mes différents choix de vie ont fait que je me dois de m'affirmer et de prendre position pour défendre mes idées : je suis une femme sur Internet qui évolue dans un milieu majoritairement masculin, mes sujets de prédilection sont l'écologie, le féminisme, l'aventure et « c'est quoi de grandir » dans notre monde actuel. Ajoutons à cela que j'ai abandonné les études supérieures pour me lancer dans une voie supposément pas très stable. *Par mon mode de vie, je suis déjà engagée et obligée de défendre mes idées car je rencontre beaucoup de personnes qui ont des avis contraires au mien.*

Aujourd'hui, dans mon métier, savoir expliquer mes opinions est une qualité primordiale. À 21 ans, je suis cheffe de mon entreprise, et je travaille avec des gens qui ont parfois 10 ou 20 ans de plus que moi, que je dois non seulement considérer comme mes égaux mais aussi superviser pour la plupart. C'est moi qui ai le dernier mot sur ce qu'on doit faire ou pas, car c'est mon travail et mon image qui sont en jeu. *D'un coup, l'adulte n'avait plus raison dans mon monde, et je dois lui expliquer pourquoi il a tort.*

Au début, ce nouvel ordre des choses m'a perturbée parce que je suis rentrée dans le monde professionnel alors que j'étais encore en train de faire des études (dans le monde scolaire, donc !). J'ai jonglé entre les deux pendant plus d'un an, en commençant à me rendre compte de l'absurdité de certaines situations auxquelles j'étais contrainte d'obéir, sous prétexte que « l'adulte a raison ». Des remarques déplacées, les abus de pouvoir, les consignes absurdes sont autant de choses que je ne me gênais plus à faire remarquer.

Apprendre à dire non sans avoir peur d'être mal vue, ça change tout dans mon rapport aux autres. Les gens qui t'aiment t'aimeront toujours, même si tu leur dis non, même s'ils sont vexés. Et de toute façon, prendre le risque de s'affirmer, c'est ne pas avoir l'approbation des autres 9 fois sur 10, mais c'est avoir sa propre approbation 10 fois sur 10. Et c'est celle-là la plus importante !

Ça n'existe pas quelqu'un qui est aimé par tout le monde. Ça n'a jamais existé et ça n'existera jamais. Même toi, il y a des gens que tu n'aimes pas comme il y a des gens qui ne t'aiment pas. C'est comme ça, et ça ne doit EN AUCUN CAS t'empêcher de faire ce dont tu as envie ou d'être qui tu es.

Si mon besoin de l'approbation d'autrui est trop grand, je ne prendrai pas le risque de m'affirmer, je ne me respecterai pas. *Apprendre à s'aimer et à avoir confiance en soi passe forcément par le fait de s'affirmer, et d'affirmer ses opinions.*

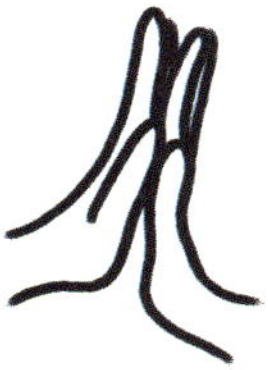

Écoute-toi et garde espoir

Je m'en suis voulu longtemps de ne pas réussir à retenir mes larmes ou mes accès de colère. Pendant des années, j'ai bridé mes émotions pour ne pas « déranger ». Et, aujourd'hui, j'apprends à me reconnecter avec mes envies et mes émotions après les avoir laissées tomber pendant quelque temps.

J'ai l'impression que la crise sanitaire a laissé une grande place aux émotions : le monde allait si mal d'un coup qu'on pouvait aussi se le permettre.

Il y avait comme deux camps : ceux qui se sont autorisés à ressentir leurs vraies émotions pour voir ce qui est important pour eux et ceux qui se sont complètement coupés de ça, préférant imposer leurs idées aux autres sans se questionner sur eux-mêmes.

Je suis sûre que tu connais une personne dans ton entourage, peut-être plusieurs, qui a décidé à la suite du premier confinement de changer de vie. Changer de boulot, de maison, d'objectifs, de mode de vie... la tendance générale a été de s'autoriser à vivre sa vérité, pas celle qu'on nous dicte. Peut-être même que c'est ton cas.

D'un côté, cette crise ne laisse pas de place au rêve ou à la projection : on connaît tout le malheur du monde et toutes les causes des problèmes mondiaux, on baigne dedans à longueur de journée. On a conscience de l'ampleur des problèmes et c'est décourageant parce qu'on ne pourra pas les résoudre à la vitesse où on va, on le sait.

Alors, oui, il pourrait y avoir pire. Oui des gens dans le monde meurent de faim, n'ont pas d'électricité ou partent à la guerre. Oui, on est privilégié·e·s, rien que d'avoir le temps de penser à nos rêves et à nos envies. Mais ça me révolte d'entendre ces arguments de la part de personnes qui nous ont vendu cette folle jeunesse et qui l'ont déjà vécue sans se soucier des guerres et des inégalités qu'elles décrivent si bien.

Et d'un autre côté, cette période a donné le temps et l'envie aux gens de se battre pour le vrai, le juste, et de faire bouger les choses pour eux et pour leur monde. *Et ça me donne plein d'espoir pour le futur.*

Tous les jours, je vois et j'entends parler de gens inspirants, ouverts, empathiques, drôles, courageux, engagés, intelligents, pragmatiques… qui sont prêts à tout remettre en question pour tout reconstruire d'un monde dicté par l'ancien temps. Je vois bien autour de moi qu'il n'y a presque plus d'espoir chez les jeunes (et les moins jeunes aussi), et j'aimerais pouvoir avoir des mots réconfortants pas complètement bateau mais ils sont durs à trouver. Et pourtant je pense qu'il y a du positif à tirer de cette période difficile. Je pense que ce n'est qu'en explorant le négatif, en vivant pleinement cette souffrance, en l'écoutant, en arrêtant de faire comme si elle n'existait pas qu'on va vers un avenir plus indulgent envers tout le monde.

Quand j'ai parlé avec madame Schauer, elle m'a dit quelque chose qui illustre bien ce que je viens de dire :

> *« D'un point de vue physiologique,*
> *pour pouvoir se renouveler,*
> *il faut abandonner nos cellules mortes.*
> *Pour pouvoir vivre de nouvelles expériences, il faut que l'inessentiel de notre vie n'encombre pas notre psychisme, notre mémoire...*
>
> *Pour être vivante et pour vivre*
> *des choses nouvelles*
> *qui me correspondent mieux,*
> *je meurs sans arrêt à moi-même,*
> *et ça à n'importe quel âge. »*

Madame Schauer

Mon ancienne prof de philo si t'as bien suivi !

Chacun son rythme

C'est vraiment un mantra qui me rassure beaucoup au quotidien. *J'ai toujours l'impression d'être bien trop en retard ou bien trop en avance par rapport aux autres.* J'ai la fâcheuse manie de me comparer sans cesse aux autres et, quand ça devient trop intense, je pense à cette discussion qu'on avait eue avec Marie-Noëlle, qu'on appelle aussi Marino.

Je l'ai rencontrée quand j'avais 15 ans, et c'est une de ces rencontres hasardeuses qui changent une vie. Art-thérapeute, elle avait alors 55 ans, et on se retrouvait tous les week-ends pour peindre et discuter de la vie. De là est née une amitié originale et très enrichissante. Quand j'ai commencé à écrire ce livre, j'ai tout de suite pensé à elle parce que c'est la première personne à m'avoir fait poser des questions sur moi et sur ce qu'était grandir. Et ce qu'elle m'a dit était d'autant plus surprenant.

« Je ne m'étais jamais posé cette question : suis-je adulte ?

Marino

Jusque-là ça semblait évident, j'ai eu 20 ans en 1981, puis j'ai eu des enfants, plusieurs métiers, une entreprise, j'ai voyagé, appris, découvert des mondes. J'ai aussi lu des centaines de livres qui parlaient de philosophie, de sciences, d'ésotérisme, de religions, d'histoires fantastiques, des romans, sans compter les ouvrages de développement personnel. Tous les ingrédients étaient là pour faire de moi une parfaite adulte.

C'est au mois de juin 2020, en rangeant un vieux chalet qui est dans ma famille depuis des générations, que j'ai pris dans mes mains un pot en terre cuite souvenir d'un évènement douloureux. Un tsunami d'émotions, liées à la relation avec mes parents dans mon adolescence, m'a submergée. J'ai beaucoup pleuré sur des tonalités de "ils m'ont abandonnée" et "ils ne m'ont pas soutenue".

Le ridicule de cette situation a agi sur moi comme une révélation. Moi, 59 ans, mes pleurs et mon pot en terre. Il était temps pour moi de devenir autonome, de devenir adulte.

Aussi, quand tu m'as demandé "Quand est-ce que tu t'es sentie adulte pour la première fois ?", j'ai beaucoup ri. Et, à ta question, je peux te répondre : c'était il y a 9 mois. Je me suis sentie adulte ce jour-là parce que j'avais enfin arrêté de rendre mes parents responsables de ce qui se passait dans ma vie. Je reconnaissais et acceptais, sans me culpabiliser et sans culpabiliser l'autre, la responsabilité de mes pensées et de mes actions.

Plus largement, je pense que nous sommes adultes quand nous cessons d'attribuer à l'autre (quelle que soit la nature de l'autre : parents, famille, amis, société...) ce que nous vivons dans nos structures mentales, émotionnelles ou physiques. Alors, on se prend en charge sur TOUS LES PLANS. Avant cela, on est au stade de subadulte.

Être adulte, c'est être autonome, dans ses pensées, ses émotions, ses actions en ayant la conscience des structures qui nous influencent (éducation, information, religion, contrats transgénérationnels, etc.). Alors on peut prendre ses décisions en connaissance de cause et être libre de faire ses propres choix en conscience. »

Subadulte : c'est un terme utilisé notamment pour les poissons et les oiseaux. Individu ayant presque atteint la taille adulte mais qui n'est pas considéré en tant que tel par ses congénères.

Ça m'a apaisée de savoir que même à plus de 50 ans, on peut ne pas se sentir adulte et continuer de se poser des questions. *On n'est pas obligé·e d'être ou de se sentir adulte pour aider les autres à grandir et à se poser des questions.*

Je suis d'accord avec le fait qu'« être adulte c'est se prendre en charge sur tous les plans », et c'est sûrement ça qui est compliqué. On ne doit pas seulement se contenter de survivre, de trouver sa voie, d'entretenir ses relations, d'avoir une santé physique et mentale stable, mais on doit faire ça tout en même temps.

Je disais plus tôt que j'avais la fâcheuse tendance à me comparer à tout et tout le monde, souvent en ma défaveur. *J'ai la pression de devoir faire toujours mieux, toujours plus vite, de devoir absolument trouver un but de vie, de trouver l'amour de ma vie, ou peut-être juste l'amour tout court.*

Mais c'est quoi « mieux » ? Mieux par rapport à quoi ? Je ne peux pas faire mieux que quelqu'un d'autre que moi parce que... ce n'est justement pas moi. Je ne peux pas me comparer à l'incomparable, je n'ai aucune idée de ce dont la vie des autres est composée, j'aperçois seulement ce que je veux bien voir. Et ça se vérifie avec ma propre vie, je ne montre que ce que je veux bien montrer. C'est impossible de me comparer à autre chose que moi-même et, pourtant, je le fais tous les jours. Alors je finis par faire des choses que les autres attendent de moi, ou que je pense qu'ils attendent de moi. Et, en plus de ne pas faire ce dont moi j'ai envie, j'en viens à ne même pas me le demander.

C'est un cercle drôlement malsain que j'ai du mal à briser.

Pour écrire ce livre par exemple, je me suis mis une pression MONSTRUEUSE sans même m'en rendre compte. Je me suis répété pendant des mois que j'allais écrire un chef-d'œuvre qui allait inspirer la génération et sauver les gens de la déprime, qu'il allait devenir best-seller aimé de tou·te·s. J'ai vraiment écrit pendant 3 mois des pages et des pages dans cette optique, et sans prendre le temps d'y réfléchir ; ça me paraissait être un objectif tout à fait atteignable. C'est quand je me suis retrouvée avec plus de 50 pages qui ne me correspondaient pas du tout, et que je ne prenais aucun plaisir à lire, que je me suis dit qu'il était peut-être temps de recentrer un peu mon objectif. En essayant de parler à tout le monde, je me suis finalement retrouvée à ne parler à plus personne, moi y compris.

Depuis, mon objectif avec ce livre est qu'il me plaise, à moi !

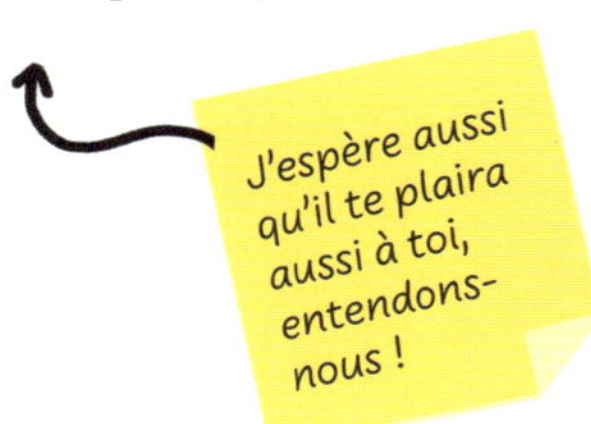

Les règles, ça n'existe pas

Bon, c'est bien chouette de s'inspirer… Mais je vais être honnête : il n'y a personne de plus qualifié que toi pour savoir ce qui va le faire ou pas pour ta vie. Mes pensées et mes expériences ne sont pas et ne seront jamais les tiennes parce qu'il existe autant de perceptions et de chemins que d'êtres humains. *Go find your way !*

Oui, donc là, tu viens de découvrir des pages et des pages de conseils et, t'as bien lu, mon dernier conseil c'est : ne pas m'écouter moi !

Les règles doivent être remises en question et adaptées sans cesse. C'est très humain et très mégalo de vouloir aider les autres en apportant notre propre expérience et notre façon de penser à autrui, alors qu'on ne connaît même pas 10 % de sa vie.

Le but, c'est vraiment que tu comprennes que tout ce que j'ai raconté ici, c'est ma vérité à moi, pas la tienne ; c'est de te donner envie de trouver ta vérité à toi.

Je rencontre tous les jours des gens qui veulent faire des choses, qui ont une idée géniale ou un projet qui leur tient à cœur depuis des années. Mais ils n'osent pas se lancer car ils attendent telle ou telle occasion, ou pour telle ou telle raison. On a tou·te·s quelque chose qui nous retient de lancer notre entreprise, d'appeler cette personne à qui on a envie de parler, ou de se demander qui on est.

Spoiler : ça ne sera jamais parfait. Les planètes ne s'alignent jamais pour nous signifier que c'est le bon moment. C'est jamais le bon moment.

Tu n'auras jamais le budget, les lieux, les personnes dont tu rêves. Trouve un moyen de faire par toi-même, et fais. Maintenant. Pas demain. Pas plus tard. Pas dans 10 ans. Tu n'as pas besoin d'une bonne caméra, d'un bon micro, d'un bon pinceau quand tu commences. Même quand tu continues. Ne dépense pas d'argent en trop si tu n'en as pas vraiment l'utilité. Et surtout n'utilise pas ton manque de matériel ou de moyens comme excuse pour retarder ton projet.

Plus ça va être simple, plus tu vas agir, et plus tu vas pouvoir améliorer ton idée. Le but au début c'est de ne pas se décourager avec trop de choses à apprendre d'un coup. Ne te rajoute pas des bâtons dans les roues si tu veux mener ton projet à bien.

Ça ne marchera pas tout de suite. Peut-être dans 1 an, peut-être dans 10 ans, peut-être jamais. Le chemin est plus important que l'arrivée, et plus il dure longtemps, mieux c'est, parce que ça sera plus d'expériences, plus de nouveauté, plus de kif. Pour continuer longtemps, il faut que ça te plaise ! Qu'importe ton domaine, ta passion, tes envies, suis-les et développe-les !

Dans la cuisine de mes parents, il y a une citation depuis que j'ai 3 ans, et qui a bercé pas mal de mes idées : « Le bonheur n'est pas au bout du chemin, c'est le chemin. »

Ne fais pas pour plaire, pour faire mieux, pour faire parfait. Fais pour le plaisir de construire quelque chose avec toi-même, de te découvrir et de t'aimer.

Sans penser à la performance ou au regard des autres. Je trouve que c'est la chose la plus compliquée du monde. Même moi, je n'y suis pas encore, et je fais complètement partie de ce système qui valorise la performance, la quantité, le capital.

Rien que d'écrire ce livre et de me demander combien vont être achetés, ou de regarder si j'ai gagné des abonnés sur ma chaîne YouTube et être soulagée si c'est le cas, prouve que j'en fais complètement partie. Il m'est arrivé de me dire que j'avais plus de valeur que quelqu'un d'autre parce que j'avais plus d'abonnés ou plus d'argent ou plus de je ne sais quoi. Et je commence à me rendre compte aujourd'hui à quel point cette pensée est fucked up. Étant donné qu'on m'a toujours encouragée à penser comme ça, j'ai encore un long travail de déconstruction devant moi. *J'y arrive de plus en plus mais, mon objectif, c'est d'être complètement indépendante face au regard des autres. De faire mes propres choix, et surtout de faire tout court.*

Avoir envie de faire et ne rien faire, c'est la pire chose que tu pourras faire.

Alors, quoi que tu aies envie de commencer, fais-le. Maintenant. C'est tout !

Je t'autorise même à fermer ce livre pour commencer maintenant.

(mais reviens après, parce que le dernier chapitre c'est le plus stylé !)

quatrième partie

LA TROUBADOUR LIFE

Dans cette partie, vous découvrirez ce que j'entends par « troubadour life », comment trouver des gens pour partir à l'aventure et comment travailler quand on bourlingue, mais aussi comment faire *ze* sac à dos, comment éviter de se ruiner ou encore comment voyager sans niquer la planète.

Bref, mes petits tips pour une vie de liberté !

J'ai expliqué pourquoi faire des vidéos sur YouTube est mon métier de rêve, mais je n'ai pas vraiment dit en quoi cela structure ma vie quotidienne.

Si ce job est aussi génial à mes yeux, en plus du fait que ce soit ma passion, c'est aussi parce que ça me permet de choisir mon emploi du temps et de l'adapter selon mes envies du moment. *Cette liberté, qu'aujourd'hui j'adore et que je ne changerai pour rien au monde, était au début ce que je redoutais le plus* : je me pensais incapable de travailler « sans cadre », sans quelqu'un qui me dise quoi faire et quand. Je pensais que je n'aurais pas assez de volonté pour mener à bien mes tâches, et que je ne saurais même pas trouver mes tâches.

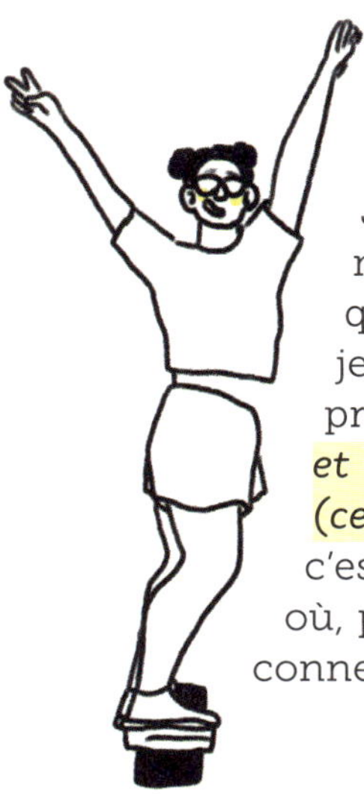

Puis j'ai compris que je pouvais créer mon propre cadre.

J'ai fait le choix de travailler majoritairement seule sur mes projets, et bien que ça me rajoute plus de travail que si j'avais une équipe, je peux choisir tout ce que je veux ; avec qui je travaille, à quelle heure, sur quels projets. *Ça me permet de faire plein de choses différentes et spontanées et d'avoir une routine quasi inexistante (ce que j'adore).* Et la cerise sur le gâteau dans tout ça, c'est que je peux travailler depuis quasiment n'importe où, pour peu que j'aie un ordinateur, une caméra et une connexion Internet.

Après plus d'un an, je peux dire que ça se passe très bien, même pour quelqu'un qui a peu de discipline comme moi. C'est plus de travail que de se glisser dans un cadre déjà établi, mais la liberté que cela apporte est pour moi une condition prioritaire.

Cette flexibilité m'a ouverte à une vie plus libre et moins cadrée que j'ai appelée...

La troubadour life !

Avant de t'expliquer en quoi cela consiste concrètement, laisse-moi te raconter « pourquoi ce nom ».

D'après le dictionnaire, un troubadour est un compositeur, poète, et musicien médiéval, qui interprétait ou faisait interpréter par des jongleurs ou des ménestrels ses œuvres poétiques.

Dans notre monde moderne, c'est plus un état d'esprit que des règles définies. *L'idée c'est d'être ouvert·e aux aventures qui viennent à soi et à l'inconnu, sans se soucier du regard des autres, juste en suivant sa curiosité et ses envies.*

C'est par exemple ces personnes qu'on voit dans la rue avec une guitare sur le dos, qui se mettent à chanter et à faire des harmonies à la moindre occasion, qui mettent des chaussettes assorties au motif de leur chemise, qui quittent leur CDI pour poursuivre leur passion saugrenue, qui marchent pieds nus, qui vont toujours dans des endroits improbables, qui mangent des tartes à l'ortie (si, si, ça existe), qui font un métier que les grands-parents ne peuvent pas comprendre, qui partent vivre dans des endroits saugrenus, qui voyagent en caravane, qui s'en foutent un peu des codes de la société et qui se laissent guider par le vent de la vie.

C'est un peu le dérivé du mode de vie des hippies.

Je suis sûre qu'en lisant ces mots, tu as un troubadour de ton entourage en tête.

Il en existe plein de modes de vie troubadour déjà établis, dont on entend les noms partout ces derniers temps : la *van life*, le *slow travel*, les *digital nomads*... Tous ces termes paraissent un peu compliqués et ont été créés pour faire rêver, mais en soi la seule règle c'est de créer ce qui te correspond et ça c'est accessible à tout le monde !

J'aurais aussi pu appeler ça « la ménestrel life » ou la « bouffon du roi life » mais ça sonnait moins bien.

Je pose là la définition de bouffon du roi parce que ça me fait rire ; c'est mon livre, je fais ce que je veux !

Je parlais de la troubadour life à mon ami Eros (que j'ai déjà présenté page 37). Il m'a dit que l'image lui parlait, mais qu'il appelait plutôt ça « la vie en salade composée ». Et je trouve que c'est une excellente métaphore pour définir la troubadour life.

« J'ai découvert que j'avais non seulement un rêve mais plusieurs, et que j'avais envie de les faire en même temps, en parallèle.

Je n'ai jamais réussi à faire tous les jours la même chose. C'est comme si j'avais une maison immense avec plein de pièces, et que je ne pouvais aller que dans une pièce pour manger, pour dormir, pour m'amuser. Mais j'ai envie d'aller partout !

Tu peux être journaliste, photographe, diriger un journal, une asso, une entreprise, faire du conseil, voyager, avoir des enfants, une vie sociale et amoureuse... Et tout ça en même temps, même si ça paraît fou. Il me reste 40, 50 ans à vivre si tout se passe bien, et les 10 dernières années je serai en piteux état. Techniquement, il me reste donc 30 ans à kiffer. J'ai encore plein d'idées, plein d'envies, plein de projets. J'ai envie de tout essayer. Je ne dis pas qu'il faut faire des trucs qui mettent en danger, mais il faut prendre des risques pour se donner sa chance. »

À l'école ou à la maison, on m'a toujours demandé quel métier je voulais faire plus tard. *Pas « quels métiers » au pluriel, mais bien au singulier.* Depuis que j'ai 6 ans, je m'obstine à essayer de trouver la chose que je veux faire pour toujours. Sauf que moi j'ai envie de faire plein de choses différentes, et en même temps. Eros a été la première personne à me montrer que c'était possible.

La vie en salade composée, c'est ça. *Réunir les choses qui nous plaisent le plus, et les mélanger pour former une vie qui nous correspond, même si elle n'existe nulle part ailleurs.* Tu peux prendre une salade au chèvre chaud et te régaler, mais si tu n'aimes pas le fromage de chèvre, c'est possible de le remplacer par des poivrons ou du maïs. C'est ta salade, t'en fais ce que tu veux, c'est pas parce qu'il y a des recettes de salade que tu dois les suivre à la lettre. La recette peut aussi évoluer au fur et à mesure du temps et des apprentissages.

Cela paraît utopiste comme ça évidemment. Le but n'est pas de créer la recette la plus parfaite ou de ne mettre que des ingrédients qu'on aime car il y en a toujours un qu'on va moins aimer que les autres.

Trop de poivre, des oignons, une vinaigrette pas ouf. Mais ça ne gâche pas toute la salade, on s'y accommode et on savoure d'autant plus les autres. Le but c'est de trouver un équilibre entre tous les ingrédients, en faisant en sorte que ceux qu'on apprécie moins ne prennent pas le dessus par rapport aux ingrédients qu'on kiffe. La salade parfaite n'existe pas, et celle des autres n'est pas meilleure que la tienne.

Voilà la recette de ma salade préf'.

J'ai réuni les 5 choses que j'aimais le plus dans la vie, pour construire ma vie professionnelle autour de cette base : la liberté (le maïs), les copains (les tomates), la créativité (les œufs durs), le voyage (laitue) et les vidéos (la mozza). Puis il y a les ingrédients que je n'aime pas : la solitude (les oignons), la comptabilité (les noix), les voyages en voiture ou en avion (l'avocat).

Et toi, c'est quoi tes ingrédients préférés ? Et comment les intègres-tu dans ta vie ?

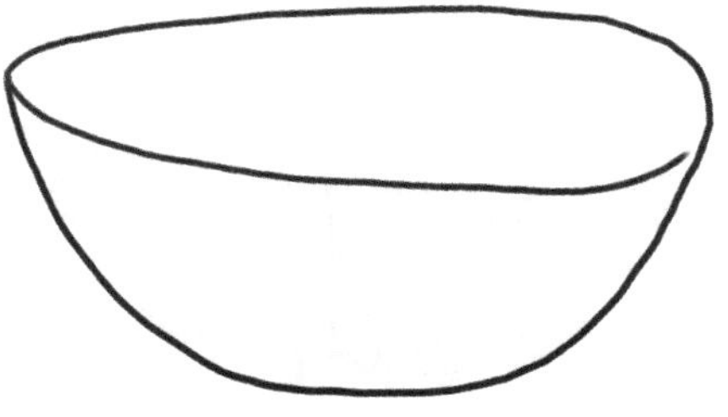

Mon objectif en quittant l'école en janvier 2020, c'était de faire le plus d'expériences et d'aventures possible, quelles qu'elles soient. Je ne savais pas avec quel argent, quelles personnes ou comment j'allais faire ça. Et surtout je ne savais pas qu'entre-temps le monde allait s'effondrer et que le voyage et les rencontres ne seraient plus au goût du jour pendant un moment.

Et pourtant il y en a quand même eu un paquet depuis. Il y a eu des moments incroyables, qui resteront probablement les meilleurs souvenirs de ma vie, et des moments vraiment pas ouf (mais qui font de très chouettes histoires à raconter).

Grâce à ces expériences, je me suis rendu compte qu'on regrette très rarement d'avoir dit oui à une aventure. Ça ne m'est même jamais arrivé. Quand je parle aux gens de tout ça, la plupart du temps, la réponse est « c'est génial mais moi je n'ai pas d'amis avec qui faire ça ».

Je vais te dire quelque chose qui va te surprendre : moi non plus.

Comment trouver des gens pour voyager ?

Il y a encore deux ans, je n'avais personne pour m'accompagner. Je n'avais personne dans mon entourage qui faisait des aventures ou qui en manifestait l'envie immédiate. Et c'est en commençant à en parler autour de moi et à faire des choses de mon côté, des voyages, des activités, des vidéos... que j'ai croisé des gens qui avaient les mêmes intérêts que moi. Certains sont même devenus des amis proches avec qui je repars régulièrement. Et surtout c'est en voyant faire les autres qu'on se décide à se lancer soi aussi : *si tu te lances, il y a de grandes chances que tu inspires des personnes autour de toi à faire de même.*

Je pense que c'est difficile de trouver des personnes avec qui faire des choses, des aventures ou autres activités, si on n'est pas déjà soi-même dans une dynamique de mouvement. Attendre que quelqu'un se joigne à nous pour concrétiser un projet est pour moi la plus grande perte de temps. Comme on dit « on n'est jamais mieux servi·e que par soi-même ». Alors fais tes trucs de ton côté et les gens qui te ressemblent s'ajouteront au fur et à mesure !

Pour commencer à lancer cette dynamique, rien de mieux que d'en parler autour de toi. Ce qui m'a surprise au début, c'est qu'il y a toujours de nouvelles personnes prêtes à partir à l'aventure. Qui ont des envies et qui n'osent pas franchir le pas, ou qui ont déjà des choses de prévues et qui sont prêtes à vous ouvrir leur porte. Demande autour de toi, je suis sûre que tu seras surpris·e. Il n'y a rien de plus satisfaisant de mon point de vue que de proposer un projet chouette à plein de gens et de le concrétiser avec ceux qui acceptent d'y prendre part. Propose même à des gens qui ne font pas partie de ton cercle proche, des amis d'amis, des gens que tu as envie d'apprendre à connaître, des gens que tu admires...

Cela crée de belles rencontres !

En prêtant attention à cela, j'ai remarqué que les gens autour de moi me proposaient de partir à l'aventure bien plus souvent que je l'imaginais. On a tou·te·s déjà un·e ami·e qui nous a dit « J'aimerais trop partir au Chili ! » ou alors « On pourrait partir en road trip au Canada... nan, je rigole ».

Ces idées restent une idée ou une blague jusqu'à ce que quelqu'un les prenne au sérieux. Et ce quelqu'un, ça peut être toi !

C'est en disant oui à ce genre d'idées absurdes sur le moment que...

je suis partie faire le tour du Mexique en bus avec une camarade de classe

je suis partie aux Açores observer les baleines avec des scientifiques

et j'ai descendu la Marne en kayak pendant 3 jours !

Et le cercle vertueux, c'est que plus tu proposes, plus on te dit oui et plus on te propose ! Mais personne ne va venir vers toi avec un plan tout établi pour te faire passer des moments de rêve : *c'est à toi d'être moteur de tes aventures.*

Si personne n'est motivé autour de toi, ne te morfonds pas : il n'a jamais été aussi facile, aujourd'hui, de trouver des compagnons d'aventure sur Internet. Qu'il s'agisse des sites spécialisés, des groupes Facebook, d'Instagram, des communautés de voyageurs sur les différents réseaux, des amis d'amis qui sont partis vivre à l'étranger...

J'ai d'ailleurs rencontré la plupart de mes bons amis via les réseaux sociaux ou les réseaux d'amis.

Et si jamais aucune de ces solutions ne te correspond, l'aventure solo est un moyen stylé de se découvrir et de rencontrer des gens ! Il existe même des organismes qui permettent de partir seul·e mais « accompagné·e » quand même : par exemple, le woofing, qui consiste à travailler bénévolement sur une exploitation agricole et biologique en échange d'un gîte et d'un couvert.

En résumé, tout est possible.

Tout un état d'esprit !

La vadrouille est quelque chose qui t'attire ? Alors c'est le meilleur moment pour te lancer. Si cette pandémie nous a bien apporté quelque chose, c'est l'envie de bouger et de changer de mode de vie. Trouver plus de sens, découvrir, rencontrer... Et la démocratisation du télétravail qui permet de travailler partout ne fait qu'encourager cette vie de nomade.

Il y a des milliers de façons de partir à l'aventure, à toi de trouver celle qui te correspond ! Le but est de créer celle qui sera adaptée à tes obligations et tes envies. Le plus dur dans l'aventure et le voyage, et ce qui bloque la plupart des gens à se lancer, ce n'est pas le manque de temps, ou d'envie, ou même de moyens car le voyage ne nécessite pas forcément de gros moyens (nous parlerons de ça un peu plus tard dans cette partie, voir page 136).

Le plus dur, ce n'est donc pas le déplacement physique, c'est le déplacement mental. Ce n'est pas de trouver les personnes prêtes à nous accompagner, c'est d'être prêt·e à s'accompagner soi-même. C'est extrêmement compliqué d'aller vers l'inconnu, le cerveau humain n'est pas du tout programmé pour sortir de sa zone de confort. Notre cerveau cherche à nous maintenir en vie et à nous protéger : se lancer dans l'inconnu c'est pas bon pour la survie. On n'a rien à quoi se raccrocher : il faut être prêt·e à rencontrer des nouveaux gens tout le temps, ne jamais vraiment se poser. Et, surtout, être en adaptation permanente aux nouveaux environnements, c'est épuisant.

Mes quelques expériences de troubadour m'ont permis de rassembler des petits tips. Je vais maintenant te les donner pour que tu vives, toi aussi, la troubadour life la plus épanouissante possible ! Moi-même, je suis encore loin de réussir facilement à sortir de ma zone de confort, mais quand je compare avec mon moi d'il y a quelques années, je me rends compte à quel point c'est beaucoup plus facile et à quel point ça fait partie intégrante de ma vie aujourd'hui. C'est un travail de tous les jours, et petit à petit j'y suis arrivée.

La première étape a été de me visualiser en train de faire les choses que je pensais impossibles pour moi. Cet exercice a été libérateur : *chaque action que nous pensons impossible est en fait composée de plein de petites étapes très faciles, que nous sommes même déjà habitué·e·s à faire.*

Par exemple « partir en Laponie en train ». Ce voyage a clairement changé ma vie et m'a montré que c'était possible. Sauf qu'au début, c'est tellement abstrait ! En réalité, la première étape consiste seulement à chercher des billets de train pour aller jusqu'à Stockholm : au départ de Paris, toutes les capitales européennes sont reliées par la SNCF, c'est en français, c'est pratique !

Une fois en Suède, il faut regarder sur les sites locaux mais en soi le fonctionnement est similaire, je pense même que Google Traduction pourra tout traduire en direct. Après avoir trouvé les billets, il faut juste aller à l'heure à la gare le jour du départ ! On a tou·te·s déjà pris le train, donc une distance plus longue ou plus courte ne change pas grand-chose. On sait tou·te·s se servir d'Internet et de Google Maps pour ne pas se perdre (dans toute l'Europe, il y a du réseau pour les forfaits français, donc pas de souci pour aller sur Internet !), on a tou·te·s pris quelques cours d'anglais qui nous permettront de nous débrouiller au cas où.

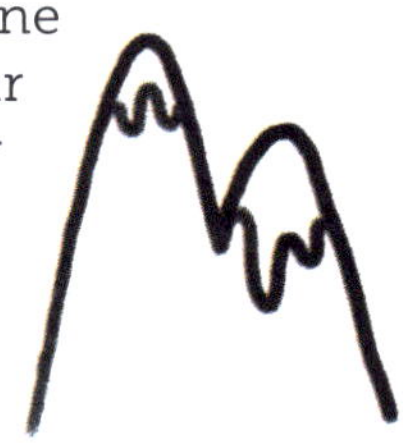

Le voyage c'est juste des trucs qu'on a déjà faits, mais dans des endroits différents !

Et si j'ai réussi à aller en Laponie au bout du monde sans avion et sans permis, je sais que je serais capable d'aller n'importe où. C'est comme en randonnée : quand on commence, on voit le haut de la montagne et on se dit qu'on n'y arrivera jamais tellement c'est haut et loin, mais en fait il y a déjà plusieurs chemins et niveaux de difficultés. *Puis, pas à pas, on y arrive, il faut juste marcher en fait, et marcher on sait faire !*

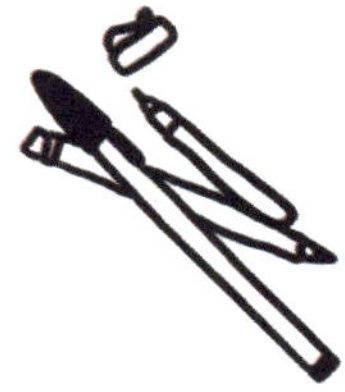

Comment travailler quand on bourlingue ?

Une fois qu'on s'est préparé·e physiquement et mentalement à partir, avec des gens ou en solo, reste à organiser l'emploi du temps de travail. Le but, si on n'est pas en vacances, c'est quand même de mener à bien ses tâches et ses obligations, tout en profitant de la vie et des nouvelles expériences.

Comme je l'ai dit précédemment, j'ai fait le choix de travailler seule sur mes projets parce que ça me donne plus de liberté si je veux voyager d'un coup sans dépendre de personne, mais c'est aussi plus de travail et d'organisation. C'est difficile de gérer plusieurs projets différents quand on est tout seul·e, et difficile de renouveler la créativité aussi. *Choisir la liberté a donc des conséquences assez grandes sur le quotidien.*

Voici donc quelques astuces à mettre en place pour travailler dans la troubadour life !

→ **Fais un emploi du temps flexible,** mais avec des objectifs fixes par semaine : si une opportunité de faire une expérience chouette se présente, fonce ! Mais n'oublie pas de reporter les tâches de la semaine ailleurs, afin de remplir les objectifs.

→ Quand on travaille pour soi et pour ses envies, ou quand on travaille seul·e à la maison et qu'on n'a pas vraiment de « cadre de travail », on a tendance à soit ne pas travailler du tout, soit ne pas s'arrêter de travailler. **Alors il va falloir faire preuve de discipline** pour ne pas finir en burn-out : quand on est en congé, on ne travaille pas, et quand on travaille, on se concentre. De mon côté, j'ai tendance à travailler tout le temps : c'est une chose quasi quotidienne de rouvrir mon ordinateur en me couchant à 23 heures juste pour répondre à quelques mails ou brainstormer mes prochaines idées. Je suis souvent angoissée de ne pas travailler assez, donc je finis par travailler inefficacement voire pas du tout, mais sans profiter du temps, juste en m'en voulant. J'ai décidé que j'allais m'autoriser à ne rien faire pendant des jours (des semaines, pourquoi pas) si le flot de ma vie m'emporte. Si j'ai créé cette vie pour pouvoir profiter, et que maintenant je m'assomme de travail, c'est pas logique.

→ **N'oublie pas de t'écouter et de respecter ton rythme naturel.** Perso, je suis incapable de travailler après manger, par exemple. Donc j'ai arrêté d'essayer de le faire car ça me faisait seulement perdre du temps.

→ Si tu es à la campagne ou dans un endroit pas très connecté, **réserve un jour par semaine** où tu iras te poser dans un café qui a la Wi-Fi ou dans un endroit avec du réseau. Pendant cette journée, concentre tous tes rendez-vous et appels pros. Ça t'évitera de chercher du réseau dans la forêt et d'avoir des coupures pendant une discussion avec un client. Profite d'Internet pour répondre aux mails urgents. Et c'est aussi **une journée dédiée aux amis et à la famille** qui ne voyagent pas avec nous : les parents, les grands-parents, les copains… C'est le moment de les appeler et de les tenir au courant de tes aventures, pourquoi pas d'envoyer une lettre ou une carte postale (ça fait toujours plaisir). Pour moi, c'est un moment très important parce qu'on a tendance à tellement être pris·e dans ses activités qu'on oublie un peu les gens qu'on aime.

Comment faire des économies quand on voyage ?

L'aspect financier est une des questions (et surtout une des peurs) principales quand on parle de voyage. Voici mes quelques petits tips :

→ **Bien choisir sa destination :** plus c'est touristique, plus ça sera cher. Tu peux aller à la campagne, aller dans des endroits qui ne sont pas à la mode sur Instagram car c'est là que tu vivras des expériences authentiques et tout aussi belles, si ce n'est plus, que dans les endroits hyper touristiques. Dans la même veine, tu peux partir hors des périodes de vacances scolaires car c'est toujours moins cher.

→ **Faire le choix de la collectivité.** Partir à plusieurs revient moins cher, car plus vous êtes nombreux, plus les frais partagés seront bas. Par exemple la location d'une voiture, d'un logement, les courses...

→ **Pour les transports :** si c'est possible, prends une carte de réduction de la SNCF et fais les trajets petit à petit car les escales sont moins chères que les trajets directs ! Mon conseil supplémentaire : acheter tes billets de train très en avance ou au tout dernier moment (moi, je prends toujours de la veille au lendemain !). À défaut, tu peux faire du covoiturage ou du stop, deux moyens beaucoup plus économiques même s'ils prennent plus de temps sur les longs trajets.

→ **Pour le logement :** si tu ne connais personne chez qui squatter, il existe des sites spécialisés là-dedans : on a déjà parlé du woofing, il y a aussi le couchsurfing (un service d'hébergement temporaire et gratuit, de personne à personne) ou les workaway (réseau mondial qui met en relation des voyageurs prêts à donner un coup de main avec des hôtes qui ont besoin d'aide pour leurs projets ou leurs activités).

→ **Pour la nourriture :** je te conseille de faire les courses et la cuisine, et d'éviter au maximum la livraison et le restaurant. Aller au marché revient moins cher que d'acheter en supermarché (environ 20 euros par semaine et par personne au marché, avec des légumes, du fromage et du pain).

→ **Voyager en mode minimaliste :** en plus d'être léger sur les épaules, ça fait faire des économies ! Avec moins de valises, c'est plus facile de faire du stop, tu n'auras pas de frais supplémentaires de poids dans les transports, moins de lessives... Et ne pas avoir la place pour ramener des souvenirs fait qu'on n'en achète pas, et ça permet de mettre de l'argent dans les expériences plutôt que dans des objets.

→ **Travailler pendant le voyage.** J'en parlais plus haut pour le travail à distance, mais ce n'est pas tout ! Par exemple, j'ai des amis chanteurs qui financent leur voyage en faisant des concerts de rue. L'art finance directement le voyage. Si on n'a pas d'art à montrer ou de service à échanger, il est possible de faire financer son voyage. Par exemple avec la bourse Zellidja, qui est une bourse attribuée « à des jeunes âgés de 16 à 20 ans, qui ont élaboré un projet de voyage individuel avec un budget limité sur un thème et dans un pays qu'ils ont choisi ». Il existe des tas d'autres organismes comme celui-ci pour tous les projets et toutes les envies.

Comment faire son sac à dos de troubadour ?

Maintenant qu'on est prêt·e mentalement et physiquement à partir, qu'on a établi son emploi du temps et son budget, reste la dernière étape : le sac à dos. Je suis fan de sacs à dos. *C'est l'objet qui me sert le plus au quotidien et qui, à mon avis, est le plus pratique du monde.* J'en ai de toutes les tailles, pour tous les usages : quotidien, travail, week-end, voyage.

Au lycée, j'étais à l'internat. À l'époque, j'avais alors une valise qui faisait presque ma taille et au moins 20 kilos. Elle était pleine à craquer de toute ma garde-robe et tout un tas d'objets qui n'allaient certainement pas tous me servir en cinq jours de cours. Je l'ai traînée derrière moi comme un boulet pendant plus de deux ans avant de me demander comment je pourrais réduire son contenu.

Ce n'est qu'après un événement DRAMATIQUE que j'ai appris à voyager léger.

Comme à chaque fois que je prenais le train avec ma valise, j'avais la peur irrationnelle qu'on me la vole. Ma parade à cette peur était de la mettre dans l'endroit le plus inaccessible possible : à côté de moi, derrière les sièges, dans un porte-bagages le plus haut possible…

La valise faisant généralement le tiers de mon poids, il m'était très difficile de la soulever jusqu'au-dessus de ma tête.

Si bien qu'un jour j'ai tellement tiré dessus pour la soulever que, une fois en l'air, la fermeture Éclair s'est ouverte, déversant tout le contenu compacté à l'extrême dans le couloir du wagon. En ramassant mes culottes et mes tas d'objets inutiles pour les remettre dans ma valise cassée, je me suis dit qu'il était temps de passer à quelque chose de plus léger.

Au début je ne savais jamais quoi prendre, je finissais avec trop ou pas assez d'affaires, et j'oubliais des choses essentielles. *Maintenant, je sais exactement ce dont j'ai besoin, et mieux encore : je sais finir mon sac en 15 minutes top chrono.*

Prête à partir à l'aventure n'importe quand.
Je te laisse donc découvrir mon petit tuto !

TUTO SAC À DOS DE TROUBADOUR

Comment ranger dans un sac de 45 litres maximum tout ce dont on a besoin pour un voyage d'une durée indéterminée ?

(à adapter selon les régions, les saisons et les besoins de chacun, mais les catégories sont toujours les mêmes)

VÊTEMENTS

– 1 gros pull *(toujours, même s'il fait chaud !)* ;
– 1 pyjama *(jogging + T-shirt, qui pourra aussi servir de tenue de sport si jamais)* ;
– des tatanes ;
– 1 T-shirt ;
– 7 culottes *(faire la lessive au bout de 7 jours)* ;
– 4 paires de chaussettes *(le troubadour se déplace pieds nus la plupart du temps)* ;
– Un tote bag *(très important pour se déplacer sans le gros sac à dos et mettre le linge sale à la fin du voyage)* ;
– 1 pantalon *(jean...)* ;
– Petite serviette microfibre ;

→ Et le secret : partir avec une tenue complète.

POCHE DE SURVIE

– Carte d'identité, carte vitale, carte bancaire et carte de voyage *(car on se déplace en train, never forget)* ;
– Clés ;
– Gel hydroalcoolique *(pour pique-niquer partout)* ;
– 20 euros et quelques pièces.

TROUSSE DE TOILETTE MINIMALISTE :

- 1 nettoyant peau et 1 crème hydratante ;
- Des pansements et du paracétamol ;
- 1 brosse à dents et du dentifrice ;
- 1 shampoing sec *(et de l'huile coco pour les boucles si t'es comme moi !)* ;
- De la crème solaire ;
- 1 déo ;
- 1 coupe-ongles *(très important)* ;

+ (éventuellement de la lessive écolo à la main).

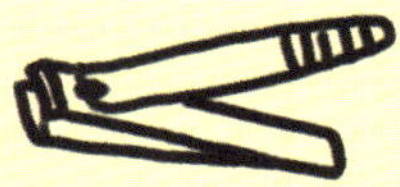

POCHE DE TRAVAIL

» *(à adapter selon ton travail évidemment)*

- Ordi, caméra, micro, tablette graphique ;
- Petite pochette avec tous les chargeurs ;
- 1 petite enceinte ;
- Casque/écouteurs ;
- Agenda/carnet et des stylos.

IMPORTANT

- 1 GOURDE *(on ne sait jamais combien de temps on va rester coincé·e dans un train ou vadrouiller dans une ville ; toujours de l'eau sur soi, et un en-cas si jamais)* ;
- Un sac à viande, en option, pour toujours avoir des draps propres ;
- Toujours prendre un petit plus qui va te réconforter et te faire plaisir pendant un voyage dans un endroit nouveau/loin de chez toi *(C'est ton repère !)*.

Exemple de petits + :

1 jolie tenue, 1 livre, de la peinture (des loisirs quoi), 1 ukulélé, 1 jeu (comme la Switch par exemple) 1 grigri…

TECHNIQUES EN PLUS POUR QUE TOUT MARCHE BIEN :

→ Prendre un sac avec des sangles à attacher autour de ta taille pour ne pas avoir mal au dos et aux épaules.
(toujours privilégier le confort !)

→ Sauvegarder régulièrement toutes les photos et vidéos.

→ Porter plusieurs fois les mêmes vêtements *(of course)*.

→ Accrocher des trucs sur son sac quand ça ne rentre pas dedans : chaussures, veste, skate...

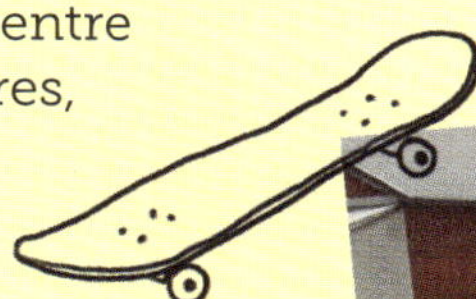

→ Ne rien prendre de « précieux » : il faut être capable de se séparer de tout en cas d'urgence ou de vol.

→ Quand on arrive dans un nouvel endroit, ne pas s'étaler et se rappeler où on pose ses affaires pour ne rien oublier.

→ Ne prendre que des choses dont on est sûr·e de se servir, de préférence plusieurs fois, et ne pas prendre deux fois les mêmes choses.

→ Pour la trousse de toilette, acheter des gros flacons de produits qu'on laisse à la maison, et remplir des petits flacons de voyage à chaque fois.

→ Prendre une petite banane pour mettre le téléphone et de l'argent quand on se déplace.

→ Être ouvert·e aux gens et aux expériences qu'on te propose.

→ Ne pas oublier de faire des souvenirs de tout ça (écrire, photos, vidéos...). La troubadour life c'est des expériences uniques qu'on revit rarement deux fois !

Et hop, tu es prêt·e à partir à l'aventure !

Et ne t'inquiète pas, tu trouveras une solution s'il te manque quelque chose. Il vaut mieux s'adapter que de suivre une liste à la lettre !

J'ai choisi de voyager le plus souvent possible, mais pas en continu. *J'ai besoin de rentrer « à la maison » entre mes différentes aventures.* Déjà parce que ma passion pour voyager léger ne peut pas se faire si je dois trimballer toute ma maison sur mes épaules, et parce que j'aime trop ma vie à Paris pour la quitter.

Je suis environ une ou deux semaines par mois en dehors de Paris selon les périodes, des fois c'est plus, des fois c'est moins. Financièrement, je m'y retrouve parce que la vie en dehors de Paris est peu chère, et ce que je ne dépense pas dans la vie quotidienne rembourse les transports.

Et cette façon de bouger tout le temps, même si elle en surprend plus d'un·e, a toujours été quelque chose de normal pour moi : je n'ai jamais vécu plus d'un an au même endroit.

D'abord, j'ai eu la chance de voyager dans mon enfance avec mes parents, qui m'ont donné cette envie de découvrir le monde et de partir à l'aventure. Mais j'ai surtout grandi et vécu dans une station de ski jusqu'à mes 18 ans. Le mode de vie y est complètement différent de la vie en ville ou en campagne. En effet, cela fonctionne sur un système saisonnier :

Néanmoins, comme je l'explique à la page 47, le voyage et l'aventure sont pour moi une priorité depuis toujours. Ainsi, mes deux priorités, l'écologie et le voyage, se bagarrent et sont sur le papier complètement opposées. En psychologie, on appelle ça la *dissonance cognitive.*

Petit point définition
Il s'agit d'une tension interne propre au système de pensées, croyances, émotions et attitudes (cognitions) d'une personne lorsque plusieurs d'entre elles entrent en contradiction l'une avec l'autre.

Dans le modèle de la dissonance cognitive, lorsqu'un individu sait qu'il fait « faux », il préférera chercher une justification à son comportement plutôt que de changer, ce qui explique un grand nombre de comportements irrationnels de l'être humain, toi et moi compris.

Je pense que même si les actions individuelles sont très importantes, et qu'il faut absolument que chacun·e prenne conscience de sa consommation et la réduise le plus possible, la solution n'est pas de se priver de tout, et pour toujours. D'autant plus que la plupart des êtres humains n'ont pas le choix ou choisissent de ne pas faire attention à toutes ces conditions écologiques. Sans parler des entreprises, des sources d'énergie, des gouvernements... qui, jusque-là, ne semblent pas vraiment prendre ça au sérieux. Malgré tous les efforts que l'on pourra faire individuellement, ça ne changera pas la balance, donc autant faire en sorte que cela ne nous rende pas frustré·e·s. Ce que je veux dire par là, c'est que nous sommes dans un monde où il est possible d'aller au bout du monde en quelques heures : *on peut en profiter.*

Tout est une question d'équilibre, et surtout une question d'en avoir conscience. Savoir que toutes nos actions polluent et ont des conséquences humaines pas vraiment joyeuses. C'est le devoir de chacun·e de s'instruire et de vivre en fonction de ce qu'on pense être bien, mais si l'on ne dépasse pas certaines limites, nos actions individuelles vont difficilement changer le cours du monde.

Pour moi grandir passe aussi par là : *trouver un moyen de réaliser ses rêves en les faisant évoluer pour respecter ses propres valeurs et s'adapter au monde qui change autour de nous, et notamment aux limites de la planète.* C'est à nous de trouver les solutions les plus écologiques possible pour nos voyages, car elles existent !

Saviez-vous qu'on n'a pas forcément besoin d'avion ou de voiture pour faire un grand voyage trop stylé ? Il existe un moyen de parcourir le monde avec le moins d'impact possible. Il y en a dans quasiment toutes les villes du monde, c'est facile, confortable, rapide, mais quand même assez lent pour qu'on puisse profiter du paysage et découvrir des endroits inconnus. On arrive directement dans le centre-ville, et on peut découvrir tout de suite, sans taxi. On peut y travailler, rencontrer des gens, ou juste profiter du paysage qui défile. Il y a du réseau, et la plupart du temps, la Wi-Fi (gratuite).

Cette solution, on la connaît tou·te·s, et on l'a tou·te·s déjà emprunté :

c'est le train !

→ On peut aller au bout du monde même sans permis et sans avion.

→ On peut aller dans des endroits « pas à la mode » et découvrir des paysages exceptionnels !

→ Ne pas avoir d'attentes permet d'être agréablement surpris·e (on s'arrête dans des endroits incroyables et on ne savait pas qu'on irait là-bas).

Le train, c'est génial. Vraiment, je n'y vois pas de désavantages à part le fait qu'on ne puisse pas (encore) traverser les océans avec !

L'important, au fond, ce n'est pas comment on part ni où on part, mais *ce sont les gens avec qui on partage les aventures* (et c'est vrai que le train, pour ça, ça marche nickel… et ça m'a même donné l'idée de faire des « trainterviews » !).

En résumé, j'ai testé pour vous le voyage en train : c'est validé et revalidé, et c'est largement plus stylé pour moi d'aller en Laponie en train que de partir faire un week-end première classe à Dubaï. Genre vraiment beaucoup beaucoup beaucoup plus. Rendons stylé ce qui doit l'être !

Conclusion

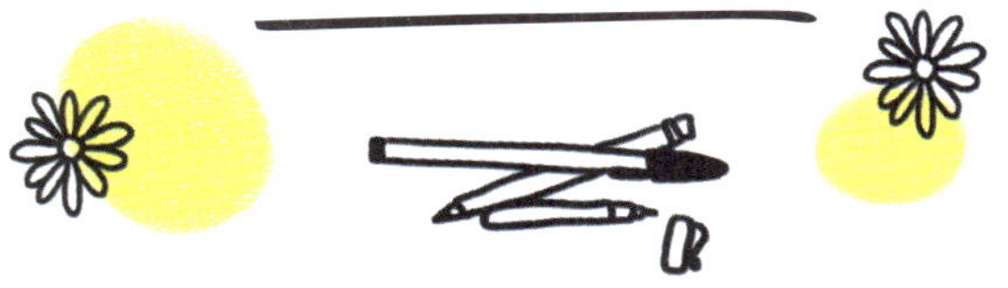

Maintenant que j'ai livré toutes mes clés pour vivre une troubadour life épanouie, je crois qu'on approche de la fin de ce livre.

On parlait de voyage, et l'écriture de ce livre en a été un grand. Une véritable introspection, une mise à plat de mes croyances et de mes clichés, un recueil de remises en question. J'espère que ça vous aura permis de vous poser à vous aussi des questions.

La conclusion de tout ça c'est un peu : « Vive les questions » !

J'ai cru de nombreuses fois que je n'y arriverais pas. Pas au début, où j'étais totalement confiante dans la réussite de cet exaltant nouveau projet. Mais au fur et à mesure de l'écriture, quand je me suis rendu compte de la montagne de travail que ça impliquait, de la responsabilité aussi. Les petites lignes que j'écris dans un coin de ma chambre vont être lues, interprétées, répétées. *Qu'est-ce que je peux dire ? Et surtout, ne pas dire ?* Pour la plupart des choses écrites là-dedans, j'ai dû me questionner moi-même avant de les poser sur le papier. C'était dur de figer toutes mes pensées comme ça, alors que je suis incertaine sur tant de choses.

Je me suis sentie très légitime puis plus du tout ; maintenant je suis dans un juste milieu. Être allée jusqu'au bout de ce projet c'est un peu ma façon à moi de dire : *au diable le syndrome de l'imposteur et la légitimité !*

Ce livre n'est pas parfait, sûrement très inexact même. Je pense avoir des réponses aujourd'hui qui ne seront pas les mêmes, demain. J'ai sûrement oublié des choses, qui feront peut-être l'objet d'un deuxième tome, qui sait ?

En tout cas c'est un moment de mon présent, c'est une longue lettre de mon moi de 21 ans à mon moi de 13 (et à toi aussi un peu, du coup). C'était écrit dans cette fameuse liste de rêves de cette Louanne de 13 ans : « Écrire un livre ». Voilà, c'est fait.

J'imagine que je n'ai plus qu'à trouver un nouveau rêve maintenant !

Il aura traversé beaucoup de choses à mes côtés, ce manuscrit. D'abord, l'idée m'est venue pendant le premier confinement en mai 2020. En pleine fin du monde, je venais à peine de quitter mes études supérieures pour me lancer à plein temps dans ma passion. Tellement d'espoirs, de projets et d'envies coupés net. *Et dans ce flou total du début de ma vie d'adulte, j'ai eu envie d'écrire tout ça.* Cette transition, ces trucs chelous qui me traversent l'esprit, pas seulement à cause du contexte mondial, mais surtout à cause de cette période bien particulière du passage à l'âge adulte, même si je viens d'écrire pendant plus de 100 pages que ça ne voulait rien dire le passage à l'âge adulte, en fait.

Puis, pendant le deuxième confinement, le projet étant beaucoup plus concret, j'ai commencé à écrire mes premières pages. *Les jours étaient gris, et les pensées aussi.* Puis l'hiver, rythmé par l'évolution de la pandémie et des couvre-feux, peu d'espoir et encore moins d'envie. Et enfin, le retour des beaux jours et de l'espoir, de l'envie de voir des gens et de faire des choses, l'envie de transmettre tout ce qui bouillonnait dans mon cerveau.

Finalement, ce que j'ai vécu avec ce livre, c'est aussi ce que j'ai envie de transmettre avec lui : *l'espoir, l'envie, et un mantra qui répète que « le meilleur est à venir ».*

C'est difficile d'être inspiré·e quand tout fout le camp autour de soi. Je pense qu'en 6 mois d'écriture, j'ai plus grandi que pendant les 6 dernières années.

Peut-être pas en vrai, mais la formule rendait bien..

Heureusement, pendant tout ce temps, il y a les amis. Merci à eux de m'avoir soutenue (surtout supportée !) pendant que je cherchais mes questions et mes réponses.

Ce livre est un pas dans l'inconnu pour moi, il représente bien son sujet finalement : cet entre-deux, de ce moment de tâtonnement et de doute, où l'on cherche ses mots et ses envies. Après des mois à potasser ce que c'est d'être adulte, je pense avoir trouvé ma définition à moi.

La vision que j'ai d'un « adulte », c'est celle d'une personne libre, dans tous les sens du terme.

Libre avec soi-même, libre avec les autres... qui a conscience de ses influences et qui a choisi de les suivre ou pas. En gros, être adulte, c'est choisir de se poser des questions, de suivre ses envies, de correspondre aux codes (ou pas).

Avant même d'écrire la première page, on m'a fait découvrir un joli poème qui a inspiré toute l'intention du livre. Il s'agit de « La Jeunesse » de Samuel Ullman dans lequel il parle de cet « âge » comme d'un état d'esprit plutôt que d'une période de la vie, et surtout il nous offre ce vers qui m'a guidée et me guide encore :

« On devient vieux parce qu'on a déserté son idéal »

Sur cette belle idée, je te souhaite une chouette route vers toi-même. Je te souhaite de réussir mais surtout d'échouer.

Bon vagabondage,

Louanne

Table des matières

Remerciements

Les remerciements, c'est généralement la page qu'on saute, mais moi c'est toujours ma préférée, parce que c'est là qu'on comprend un peu dans quel contexte a été fabriqué le livre. Et pour m'avoir accompagnée tout au long de ce processus, j'aimerais remercier :

→ Jeanne, qui a supporté mes incessants questionnements existentiels et qui prend toute ma vie en photo (c'est pratique pour illustrer un livre) ;

→ Swann, qui a la lourde tâche d'entretenir ma petite flamme d'espoir et de révolte au quotidien ;

→ Louise, qui m'a aidée à mettre ce rêve sur pattes (ou plutôt sur pages), et qui y a cru même quand moi je ne savais pas trop où j'allais ;

→ Maman, qui m'a aidée à écrire le sommaire pour le premier rendez-vous avec la maison d'édition ;

→ Papa, qui a commencé chacun de ses appels de ces derniers mois par : « Alors, il avance ce bouquin ? ».

Ces humains géniaux qui ont accepté de témoigner et de m'enseigner des leçons de vie par la même occasion, et merci aussi à ceux qui ne sont pas dans le livre mais qui m'inspirent tous les jours et font germer des idées folles dans mon esprit !

Globalement, toutes les personnes que j'ai rencontrées depuis mes 13 ans ont inspiré quelque chose à ce bouquin, donc merci à tou·te·s (ça fait beaucoup de gens, je vais pas avoir la place de mettre tous les noms) !

Merci à vous d'avoir lu jusque-là (c'est sympa) et merci de me soutenir dans toutes mes lubies depuis des années.